HANS RAMMING

RÜCKBLICKE

1988–1999

ZWÖLF POLITISCHE JAHRESBILANZEN

HERAUSGEGEBEN

VON

GEORG SELLERBERG UND IGNAZ MILLER

Haumesser Verlag Zürich

Haumesser Verlag Zürich 2000
Satz, Druck und Bindung
Friedrich Pustet Regensburg
ISBN 3-9520313-5-6

Inhalt

Zwölf dramatische Jahre

Der Chronistenzufall fügte es, dass Hans Ramming Rückschau hielt auf jene zwölf Jahre, in denen sich Massengesellschaft und Modernisierungserwartungen endgültig abwandten von Zwangsherrschaft und Kollektivwirtschaft. Der Ostblock zerfiel schneller als Stalin ihn nach 1945 zementiert hatte. Deutschland erlebte gänzlich unerwartet (und unvorbereitet) seine Wiedervereinigung, die Sowjetunion löste sich auf, und Russland fand sich in den Grenzen des Friedensvertrags von Brest-Litowsk wieder. Aber ohne vorausgegangene Oktober-Revolution.

Deutschland wiederum, der zweite Verlierer des Ersten Weltkriegs, schrumpfte zugunsten Polens noch mehr als der Versailler Vertrag vorsah. Ansonsten ist das Land, das von seiner latenten Hegemonialposition nach dem Ersten Weltkrieg keine Idee und zum grossen Unglück Europas mit sich keine Geduld hatte, da, wo es ohne seinen wiederholten Griff nach der Weltmacht immer schon hätte sein können: partnerschaftlich eingebunden in Westeuropa.

Knapp hundert Jahre liegen zwischen dem von Graf Waldersee geführten europäischen Expeditionskorps in China, das den Boxeraufstand niederschlug (»The Germans to the front«) und der Besetzung des Kosovo mit deutscher Beteiligung. Das in Belgrad geplante Attentat auf den österreichischen Thronfolger löste 1914 den Ersten Weltkrieg und letzten noch weitgehend europäischen Krieg aus. Belgrads Kosovo-

Politik nötigte Westeuropa, sich schlussendlich aufzuraffen und zu intervenieren. Dass diese einzig europäischen Interessen dienende Intervention unter amerikanischer Ägide stattfand, auch weil die eigenen Mittel fehlten, wurde den Europäern peinlich bewusst. Dass die Union langsam zu einer eigenen Aussen- und Sicherheitspolitik findet, verdankt sie wieder Belgrad. Auf merkwürdige Art verschränken sich europäische und serbische Geschichte am Anfang und Ende des Jahrhunderts.

Im Winter 1941 scheiterte vor den Toren Moskaus mit dem deutschen Heer der Versuch, ein nationalsozialistisch-faschistisches Europa zu installieren. Die Sowjetunion hielt, zur gelinden Überraschung der amerikanischen Führung, die zunächst davon ausging, Europa von Sibirien aus befreien zu müssen. (Und mit dem Nationalsozialismus auch gleich den Kommunismus erledigen zu können.)

Bis der Kommunismus in die Knie ging, dauerte es noch fünfzig Jahre. Erst mit der Öffnung des Brandenburger Tors war endgültig klar, dass auch der radikale gesellschaftliche Modernisierungsversuch der Gewaltsozialisten gescheitert war.

Nicht die Erben der Oktoberrevolution haben sich durchgesetzt, sondern die Nachfahren der bürgerlichen Gesellschaft. Wo Karl Marx aus seiner umfassenden Fehleranalyse heraus die Konsequenz einer makroökonomischen Lenkung zog, entwickelten sie über Elektronik und Datenverarbeitung eine mikroökonomische Steuerung, um bedarfsgerecht zu produzieren. Der Einzelne bestimmt, was er braucht, nicht der Plan. Nicht der Planer bestimmt die Investitionsschwerpunkte, sondern der Finanzanalyst. Nicht das Zentralkomitee regiert letztendlich, sondern ein Heer von Pensionskassen, das gehalten ist, die Spareinlagen der Arbeitnehmer zu mehren. Vor Fehlentscheidungen sind auch sie nicht gefeit. Die grosse Überlegenheit des gedanklich schwächeren Systems der geldgesteuerten Massengesellschaft beruht auf seiner immensen Flexibilität und der relativen Transparenz.

Wenn am Ende des Jahrhunderts ein paar gültige Antworten gefunden wurden auf erhitzt diskutierte Fragen, dann bedeutet das noch lange nicht, dass die Welt am Ende der Geschichte angelangt sei. Die Wohlstandskonzentration in den USA und Europa, die Migrationsströme in die reichen Länder, der Kampf um die Rohstoffressourcen, die Privilegierung des geistigen Eigentums im Welthandel sowie die Modernisierungsversuche in Asien und Afrika sind die anderen grossen Themen des ausgehenden Jahrhunderts. Gelegenheiten, die Ungleichzeitigkeit der Geschichte zu beobachten, gibt es mehr als genug und gewünscht. Für Völker gilt das gleiche wie für den einzelnen Menschen: Erfahrung ist nicht vermittelbar. Wäre Erfahrung vermittelbar, wäre die Menschheit längst weiter. Von 1988 bis 1999 hat Hans Ramming für den Wochenbericht der Bank Julius Bär die Welt beobachtet. Es waren spannende Jahre; und dass das Jahrtausend nicht ohne leisen Optimismus ausklingt, hätte bis vor kurzem niemand erwartet.

1988

Im Zeichen von Glasnost und Perestroika

Das gegenwärtig wohl am meisten strapazierte Wort der politischen Argumentation kommt aus dem Russischen und lautet »Perestroika«, das heisst Umbau, Neugestaltung. Vor vier Jahren hat der sowjetische Parteichef Gorbatschew unter diesem Motto eine Regeneration des Partei- und Staatsapparats in Gang gesetzt, um das gegenüber den USA verlorene Terrain wieder zurückzugewinnen. Gleichzeitig wollte er sich damit gegenüber seinen Mitkonkurrenten als dynamischer und agiler Machtpolitiker profilieren.

Mühsame Reformarbeit in der Sowjetunion

Inzwischen verfolgt die Weltöffentlichkeit mit wachsender Aufmerksamkeit, wie der im Morast nur noch schwer zu bewegende sowjetische Staatskarren unter grössten Anstrengungen wieder flott gemacht werden soll, wie beim Zupacken der Fuhrleute die Speichen zu splittern beginnen und die Räder aus den Achsen springen, wie die Satelliten-Zugpferde scheuen, sich aufbäumen und auszubrechen suchen und wie der Fuhrmann auf dem Kutschersitz immer wieder zur Peitsche greifen muss, obwohl er mehr als einmal verkündet hatte, dass er darauf verzichten wolle.

Dieses Bild ist natürlich recht statisch gesehen. Die Sowjetunion ist nach wie vor die Weltmacht Nummer zwei mit einem grossen Menschenreservoir, unausgeschöpften Ressourcen und mit einem gewaltigen Militärpotential. Sich einfach zurückzulehnen und zuzuschauen, was sich im Sowjetimperium abspielt, wäre kurzsichtig; denn ganz gleich, wohin die »Perestroika« schliesslich führen wird, der Ausgang wird uns so oder so direkt betreffen. Allerdings empfiehlt es sich, auf jeden Fall Rhetorik und Realität nicht zu verwechseln, nicht in jedem milden Windchen aus dem Osten die Vorboten des Weltfriedens zu sehen und daraufhin gar die Entrichtung der Sicherheitsprämien zu verweigern.

Das gilt auch für den neuen Abrüstungsvorschlag des Kremlchefs. Gerade weil im Inneren des Landes die Reformen kaum vorankommen, versucht er die Weltöffentlichkeit für seine aussenpolitischen Pläne zu gewinnen, um damit auch seine Gegner im eigenen Lande unter Druck zu setzen. Beschwörende Appelle, der Westen solle die Reformen Gorbatschews unterstützen, müssen hinter den Interessen des freien Westens rangieren. Ein hochgemuter Pessimismus ist auch in diesem Zusammenhang zu empfehlen.

Ein grosses Risiko

Gorbatschew ist ohne Zweifel ein grosses Risiko eingegangen, als er den Schutzmantel der Ideologie abstreifte und den politischen Kampf gegen Inkompetenz und Korruption, gegen das Lügengewebe der Selbsttäuschung und Engherzigkeit aufnahm. Die Widerstände, die sich vor ihm auftürmen, scheinen in der

Tat unüberwindbar: Auf der einen Seite die breite Bevölkerung, die allen Versprechungen, bessere Zeiten würden bald kommen, mit tiefstem Misstrauen und mit Skepsis begegnet. Zu oft sind Zeiten von Tauwetter wieder von Frostperioden abgelöst worden. Und die ersten vier Jahre der »Perestroika« haben die äusseren Lebensbedingungen in keiner Weise verbessert. Auf der anderen Seite ein Staats- und Parteiapparat, dem eine Schlankheitskur verordnet werden soll, was den 18 Millionen direkten Nutzniessern des bisherigen Systems jedoch eine Reduktion der Privilegien bescheren würde.

Damit sich der Bürger im Sowjetreich mit den Zielen der Partei- und Staatsspitze identifizieren kann und dann auch bereit ist, seinen Beitrag zur Umgestaltung des Landes zu leisten, müssen noch Berge von Schutt an Lügen abgetragen, Wiedergutmachung für ungesühnte Verbrechen geleistet, die politische Moral einigermassen wiederhergestellt sein und die Beteuerungen der Machthaber wieder für glaubhaft befunden werden. Es geht letztlich darum, einzugestehen, dass 70 Jahre kommunistische Herrschaft nicht ausgereicht haben, um die Bevölkerung regelmässig mit einem Minimum an materiellen Gütern zu versorgen, und dass man immer noch darüber streitet, wieviel an geistiger und politischer Bewegungsfreiheit man den Menschen zugestehen darf. Es geht auch darum, einzugestehen, dass nur durch Anleihen aus dem Westen, durch eine Übernahme pluralistischer Denkformen und Methoden der sozialen Marktwirtschaft der Weg aus der Stagnation gefunden werden kann.

Die unter dem Vorzeichen »Glasnost« (Offenheit) zusammengefasste Bereitschaft, die sowjetische Realität mit allen ihren Schattenseiten der Öffentlichkeit vorzuzeigen, hat unter anderem zu einer Neubelebung zentrifugaler nationaler Strömungen im Baltikum und in Transkaukasien geführt. Denn an der Frage, wie weit »Perestroika« verstärkte regionale Autonomie, kulturelle Eigenständigkeit und mehr wirtschaftliche Selbstverantwortung beinhaltet, wird man nicht vorbeikommen. Das Sowjetimperium wird kaum auseinanderbrechen. Aber wie der Gorbatschew-Bolschewismus schliesslich aussehen wird, das kann heute noch niemand sagen.

Ein neuer Mann in Washington

Neben diesem Drama im Osten Europas verblassen die anderen politischen Hauptereignisse des Jahres. So hat die Wahl des amerikanischen Präsidenten – anders als in den Wahljahren der vergangenen Jahrzehnte – nirgendwo in der Welt das politische Uhrwerk langsamer schlagen lassen.

Die Ablösung Ronald Reagans durch George Bush ist kaum als ein Einschnitt empfunden worden, dessen Auswirkungen erst abgewartet werden müssen, sondern man ist überzeugt, dass der neue Mann im Weissen Haus die im grossen und ganzen erfolgreiche Politik seines Vorgängers weiterführen wird. Der amerikanische Wähler hat offenbar keine Veränderung gewünscht, und die Partner und Gegenspieler rund um den Globus sehen die Zeit der Ungewissheit und der Unberechenbarkeit verkürzt. Sicher wird auch der neue Präsident bald mit einer eigenen Handschrift zeichnen, doch mit grossen Ausschlägen in der amerikanischen Politik rechnet zur Zeit niemand.

Friedensgespräche in drei Konfliktgebieten

Die amerikanisch-sowjetische Annäherung im Zusammenhang mit der Mittelstrecken-Vereinbarung hat eine deutliche Entspannung in mehreren Kriegszonen gebracht. In drei Regionen sind die Kriegsgegner bereit, die Waffen niederzulegen und wieder miteinander zu reden. Afghanistan ist hier in erster Linie zu nennen, wo der Abzug der Roten Armee eingeleitet worden ist. Selbst der sowjetischen Weltmacht kommt es auf Dauer zu teuer zu stehen, in unhaltbaren Stellungen zu verharren. Moskau geht es jetzt vor allem darum, das kommunistische Satellitenregime in Kabul am Leben zu erhalten und zu verhindern, dass die aufgegebenen Positionen in den amerikanischen Einflussbereich geraten. So wird eine Neutralisierung Afghanistans unter dem Schirm der Uno angestrebt, wobei das Land gleichzeitig als Pufferzone dient. Die Gefahr eines Überschwappens des islamischen Fundamentalismus nach Sowjet-Asien kann dadurch reduziert werden.

Eine prekäre Waffenruhe ist auch in der Golfregion eingekehrt, nachdem in der letzten Phase des achtjährigen irakisch-iranischen Gemetzels die Amerikaner und Sowjets in die gleiche Richtung zu wirken begannen. Ohne Hoffnung auf eine Hilfe von aussen sahen die Ayatollahs im Iran keine Chance mehr, einen militärischen Sieg zu erringen, und lenkten ein. Ein Andauern des Krieges hätte sogar ihr religiöses Herrschaftssystem in Gefahr gebracht.

Auch im südlichen Afrika sind Bewegungen in Richtung Frieden eingetreten. Die Beilegung des Krieges in Angola würde diesem potentiell so reichen Lande die Chance zu einem Neubeginn geben, aber auch die Unabhängigkeit Namibias käme in Reichweite. Beigetragen zu dieser Entwicklung hat einmal der Entschluss Gorbatschews, sich aus diesem Drittweltkonflikt zurückzuziehen und mit den Amerikanern zusammenzuarbeiten. Nur Moskau kann den Abzug der Kubaner aus dieser Region erzwingen. Nicht weniger ins Gewicht fällt allerdings das Einlenken Südafrikas, das angesichts der Spannungen im eigenen Lande und der wirtschaftlichen Schwierigkeiten das Halten einer Pufferzone an der Nordgrenze auf Dauer als zu kostspielig ansieht. Pretorias Kurswechsel kommt den amerikanischen Intentionen entgegen, Südafrika in den Kreis der westlichen Welt zurückzuführen. Allerdings lässt das Festhalten an der Apartheidpolitik hier nur kleine Schritte zu.

Ein Silberstreifen im Nahen Osten?

Ende Jahr hat es Anzeichen gegeben, dass sich der Friedensprozess auch auf den Nahen Osten ausdehnen könnte. Nach 14jähriger interner Diskussion haben sich die arabischen Staaten und die PLO dazu durchgerungen, einer Zweistaatenlösung zuzustimmen, das heisst die Existenz Israels anzuerkennen, wobei gleichzeitig ein Palästinenserstaat (wenigstens auf dem Papier) ins Leben gerufen wurde. Eine Präzisierung vor dem Uno-Plenum in Genf durch Arafat hat die USA dazu bewogen, einen Kurswechsel ihrer Nahostpolitik anzukündigen und sich zu einem Dialog mit der Palästinenserorganisation bereit zu erklären. Auch hier war die sowjetisch-amerikanische Annäherung die Voraussetzung, dass Washington nun mit beiden Kontrahenten im Nahen Osten ernsthafte Gespräche führen will, Rückenschüsse aus Moskau sind nun weniger zu fürchten.

Auf der anderen Seite ist das Einlenken der PLO erst durch den Aufstand der Araber in den von Israel besetzten Gebieten beschleunigt worden. Die dort lebenden Palästinenser wollen kein utopisches Fernziel, sondern Selbstbestimmung und zwar jetzt. Es rächt sich nun, dass Jerusalem weitgehend allein seiner militärischen Stärke vertraute und eine politische Lösung hinauszögerte. Das Entstehen eines palästinensischen Nationalismus als Antwort auf »Eretz Israel« ist nicht in Rechnung gestellt worden. Als Folge davon ist die politische Initiative an die Araber übergegangen. Allerdings gilt es auch hier, Rhetorik und Realität auseinanderzuhalten. Bis sich die Israeli und Araber zu einer Kooperation bereit erklären, wird es noch lange dauern, selbst wenn nun eine grosse Nahostkonferenz in Reichweite rücken sollte.

Auf dem Wege zu einem europäischen Binnenmarkt

Bei diesen politischen Veränderungen ist die Meinung der Europäer kaum gefragt. Die wichtigsten Entscheidungen fallen anderswo. Soweit Auswirkungen auf die internationale Politik zu verspüren sind, gehen sie fast ausschliesslich von dem mit neuem Elan vorangetriebenen europäischen Integrationsprozess aus. Im Berichtsjahr ist deutlich geworden, dass mit dem europäischen Binnenmarkt ernst gemacht werden soll. Es gibt gute Gründe anzunehmen, dass die EG – wenn auch mit einiger Verspätung auf das Jahr 1992 und auch mit gewissen Einschränkungen – ihr Ziel erreichen wird. Ein Erfolg des wirtschaftlichen Integrationsprozesses würde wahrscheinlich auch der politischen Zielsetzung der EG mehr Glaubwürdigkeit und Gewicht verleihen. Der Prozess der gegenseitigen Durchdringung der westeuropäischen Wirtschaft hat eingesetzt und schafft immer neue Tatsachen, die kaum mehr rückgängig gemacht werden können. Hier ist auch die Schweiz gefordert. Gerade weil ein Vollbeitritt nicht in Frage kommt, ist ein Konsens darüber um so dringender, wie weit die Parallelität von autonom getroffenen Massnahmen mit jenen der EG gehen soll, besonders in den Bereichen, in denen die Zielsetzung identisch ist.

Der Motor für die Entwicklung des Binnenmarktes ist in der Bundesrepublik und in Frankreich zu finden, während London eher als Bremser wirkte. Die Rollenverteilung ist hier klar, vor allem nachdem in Frankreich Präsident Mitterrand für sieben weitere

Jahre im Amt bestätigt worden ist. Seine Bemühungen, auch im Parlament eine Linksmehrheit zu gewinnen, sind allerdings gescheitert, da der französische Wähler offenbar an der Teilung der Macht zwischen links und rechts Geschmack gefunden hat. Dieser Trend kommt auch der verstärkten deutsch-französischen Kooperation zugute, auch wenn dieser Sonderzug nicht von allen kleineren europäischen Ländern gerne gesehen wird.

Auf der anderen Seite des Globus

Ein Blick auf die andere Seite des Globus lässt erkennen dass die Volksrepublik China auf ihrem Marsch in eine modernere Welt ein etwas gemächlicheres Tempo eingeschlagen hat. Die Verjüngung der Staats- und Parteispitze, ohne dass eine eigentliche Verschiebung der Machtverhältnisse eingetreten ist, unterstreicht den Willen, den Schwerpunkt der Arbeit auf die Wirtschafts- und Innenpolitik zu legen. In der Aussenpolitik wird kürzer getreten. Japan bemüht sich gleichzeitig, die Beziehungen zu China zu verbessern, und hat sich zu einer verstärkten wirtschaftlichen Kooperation bereit erklärt. Die Rolle des Inselreiches als ein politischer Machtfaktor bleibt nach wie vor in der Schwebe.

Die Szene auf dem südamerikanischen Kontinent ist von Licht und Schatten durchzogen. Das Plebiszit in Chile, das mit einer Niederlage des General-Präsidenten endete, liess den Wunsch einer Mehrheit der

Bewohner nach Rückkehr zur Demokratie deutlich werden, wie sie ja in anderen südamerikanischen Ländern geglückt ist. Dass aber unter demokratischen Vorzeichen nicht alle Schwierigkeiten automatisch verschwinden, ist gerade in Argentinien mehr als deutlich geworden. Eine Reihe von Militärrevolten hat wieder in Erinnerung gerufen, dass die Rolle der Militärs in den südamerikanischen Ländern noch keineswegs fixiert ist, dass um ein demokratisches Gleichgewicht noch gerungen werden muss. Etwas anders liegen die Verhältnisse in Brasilien, wo es die wirtschaftlichen Schwierigkeiten sind, welche die Demokratie einer Belastungsprobe unterwerfen. Mittelamerika, vor allem Nicaragua, ist ein wenig aus den Schlagzeilen verschwunden, einmal weil auch die Sandinisten zur Kenntnis nehmen müssen, dass auf eine Unterstützung aus Moskau nicht in jedem Fall zu rechnen ist, zum anderen, weil erst einmal der Amtsantritt des neuen Präsidenten in den USA abgewartet werden muss.

1989

Der Fall der Berliner Mauer

Tag für Tag können wir heute mit unseren Augen eine unglaubliche revolutionäre Bewegung verfolgen, einen Aufbruch für Freiheit und Demokratie, wie wir es uns in den kühnsten Träumen nicht haben vorstellen können. Dabei verläuft dieser revolutionäre Prozess, jedenfalls bis jetzt, ohne jede Gewalt. Ein weltweiter Triumph der Freiheitsideale! In der Rückschau erscheinen uns die hinter uns liegenden Jahre und Jahrzehnte nur als eine Vorbereitung auf diese Tage, gerade weil das abgelaufene Vierteljahrhundert nun auf einmal sehr spannungsarm, dafür gradlinig und sehr friedlich wirkt. Mit der Gründung der Nato, der EWG und der anderen politischwirtschaftlichen Institutionen in der westlichen Welt und der Entstalinisierung und der praktizierten Breschnew-Doktrin auf der anderen Seite des Eisernen Vorhangs hatte sich eine Friedensordnung entwickelt, in der die Berechenbarkeit des politischen Handelns auf beiden Seiten oberste Maxime war. Unter dem Schirm des atomaren Gleichgewichts erlebte Europa eine einmalige Periode des Friedens, und der westliche Teil davon genoss eine ungeahnte wirtschaftliche Prosperität. Unkontrollierbare Entwicklungen sollten so früh wie möglich aufgefangen werden.

Seit diesem Sommer gelten diese Rahmenbedingungen nur noch sehr bedingt. Die politischen Veränderungen in Osteuropa haben ein solch rasantes Tempo angeschlagen und solche Dimensionen angenommen, dass die weitere Entwicklung nicht mehr voraussehbar und für verantwortliche Politiker nicht mehr berechenbar ist. Niemand war auf diese Sturzflut der Ereignisse vorbereitet, niemand kann sagen, ob sie aufgefangen und kanalisiert werden kann, ob die Dämme der Institutionen, der Vertragsgemeinschaften und ständigen Konferenzen (Nato, EG, OECD, Gatt, KSZE) halten oder nicht. Die nach dem Zweiten Weltkrieg entwickelte Friedensordnung muss durch neue, erweiterte Formen des friedlichen Zusammenlebens ersetzt werden.

Auf vier Ebenen

Der in Gang gekommene tiefgreifende Wandel bewegt sich auf mehreren Ebenen: der ideologisch-geistigen, der machtpolitischen, der europäischen und der wirtschaftlichen. Der Versuch Gorbatschews, die innere Krise der Sowjetunion und der kommunistischen Länder in Osteuropa durch einen Kraftakt zu überwinden, hat Geister geweckt, die kaum erwünscht waren. Die Sorgen des Kreml-Chefs erinnern immer mehr an jene des Zauberlehrlings, dem die Dinge aus den Händen gleiten. Denn der in Osteuropa eingeleitete Prozess hat vor allem den völligen Bankrott des Kommunismus offenkundig gemacht. Alle Prophezeiungen des Marxismus-Leninismus, die Befolgung seiner Lehren würde das Paradies auf Erden entstehen lassen, haben sich als Hirngespinste erwiesen. Der real existierende Sozialismus war auf Unterdrückung des selbständigen Denkens, auf einem Netz von Lügen, der Verschleierung von Tatsachen und auf Wunschträumen aufgebaut. Überall standen Anspruch und Wirklichkeit in einem krassen Gegensatz.

Kaum waren, aus der Not geboren, die Schrauben ein wenig gelockert, da brachen an allen Orten die unterdrückten, aber nie verloren gegangenen Freiheitshoffnungen durch. Die im Westen entwickelten und gegen totalitäre Anfechtungen verteidigten Werte wie individuelle Selbstentfaltung, Gedankenfreiheit, pluralistische Gesellschaftsform und demokratische Wahl der Führungsgremien haben ihre dynamische und kaum erschöpfte Kraft erneut bewiesen. Überall wird im Osten die Liquidierung der Monopolherrschaft der kommunistischen Staatsparteien gefordert, nach freien Wahlen gerufen. Es ist müssig darüber zu spekulieren, ob der Kreml den eingetretenen Wandel bewusst ins Kalkül einbezogen hat oder aus innerer Schwäche akzeptieren musste. Die Veränderungen haben eine eigene Dynamik entwickelt, die nun weltpolitische Dimensionen annimmt. Denn die in Gang gesetzte Umwälzung stellt die Rolle Moskaus als Ordnungsmacht in Frage. Nicht nur verliert der Warschaupakt seine Kohärenz, sondern im sowjetischen Verteidigungsring droht auch das Vorfeld verloren zu gehen.

Wiederkehr der deutschen Frage

Vor allem die Wiederkehr der deutschen Frage mit allen ihren Implikationen, den Erinnerungen und

Befürchtungen ruft automatisch die Siegermächte des Zweiten Weltkrieges auf den Plan. Vor allem die USA sind angesprochen. Ausgerechnet zu einem Zeitpunkt, da Amerika erneut mit dem Gedanken spielt, sich auf eine mehr traditionelle weltpolitische Rolle als maritime Macht mit aussereuropäischen Interessen einzustellen, wird die Präsenz der Amerikaner wichtiger denn je, um europäische Ungewissheiten aufzufangen und die Neigung zu Exzessen zu dämpfen. Präsident Bush hat zugesagt, dass die Vereinigten Staaten die Schwäche der Gegenmacht nicht ausnützen, sondern den Prozess der Entspannung weiterführen wollen. Washington hat eine verstärkte Zusammenarbeit versprochen. Nicht nur bringt die Entwicklung in Osteuropa, vor allem der Ruf nach Wiedervereinigung der beiden deutschen Teilstaaten, das europäische Gleichgewicht (das ja auch für die Existenz der Schweiz von eminenter Bedeutung war und ist) in Gefahr, sondern die Auswirkungen von Machtverschiebungen strahlen nach allen Seiten aus, so nach Russisch-Innerasien, wo Rassen- und Religionsgegensätze sich verstärken, aber auch nach Ostasien, nach Afrika und Mittelamerika, wo kommunistische Länder mit einer Reduktion der ideologischen und materiellen Hilfe aus Moskau rechnen müssen.

Viel ernster zu nehmen sind jedoch die Befürchtungen in den Entwicklungsländern, dass die Umwälzungen in Osteuropa auch das Verhältnis des Westens zur Dritten Welt von Grund auf verändern werden. Sollte eine neue Friedensordnung in Europa gefunden werden und sich die Demokratien bereit erklären, den osteuropäischen Ländern, ja Russland beim Umbau ihres Wirtschaftssystems zu helfen, so würde das gewaltige Investitionsgelder verschlingen, die irgendwo eingespart werden müssten. Die Besorgnis ist wohl kaum unberechtigt, dass dann auch die Entwicklungshilfe davon betroffen wird. Dass hier potentielle Gefahrenherde drohen, liegt auf der Hand.

Aber auch der europäische Fahrplan droht völlig durcheinander zu geraten. Der Gemeinsame Markt 1992, die Währungsunion, die Frage der Erweiterung der Gemeinschaft müssen unter einer veränderten Perspektive gesehen werden. Denn die Europäische Gemeinschaft kann nun als Kern einer künftigen gesamteuropäischen Ordnung dienen. Daher sollte die eigene Stärkung so rasch wie möglich voranschreiten. Der Zehnpunkteplan Bundeskanzler Kohls für eine deutsch-deutsche Konföderation, der ohne Konsultationen mit den Siegermächten oder mit den EG-Partnern erfolgte, hat Verwirrung ausgelöst. Nun soll durch konkrete Aktionspläne ein Alleingang Bonns unterlaufen werden. Die Schaffung einer »Europa-Bank« zeigt, dass hier bereits gesamteuropäisch gedacht wird. Gewiss ist man von einer Aufnahme osteuropäischer Staaten in die EG noch weit entfernt, doch scheint in Brüssel das Selbstbewusstsein vorhanden zu sein, um über dem Nahziel eines Gemeinsamen Marktes die Planung der weiteren Zukunft nicht zu verpassen. Was die künftigen Staatsgrenzen betrifft, so hat der Europäische Rat diese Frage an das Forum der KSZE verwiesen, in dem unter anderem die USA und die Sowjetunion (aber auch die Schweiz) vertreten sind.

Fiasko der staatlichen Planung

Auch die Hoffnung auf eine gerechtere Lebensform durch staatliche Lenkung und Planung erwies sich als eine Seifenblase. Vielmehr entwickelte der praktizierte Sozialismus eigene Formen von Korruption und Privilegienherrschaft. Kaum anderswo waren die Klassenunterschiede grösser als in der klassenlosen Gesellschaft. Die Versuche, mit Propaganda der Bevölkerung einzuhämmern, die sozialistische Wirtschafts- und Gesellschaftsform sei allen anderen überlegen und garantiere eine ständige Erhöhung des Lebensstandards, wurden von der Realität widerlegt und entpuppen sich als tägliche Lüge ... Der Versuch Gorbatschews, durch »mehr Markt« seiner Perestroika verstärkten Schwung zu verleihen, war das erste offene Eingeständnis, dass die freie und soziale Marktwirtschaft der gelenkten Staatswirtschaft überlegen ist. Die Reaktion der DDR-Bevölkerung, bei der ersten sich bietenden Gelegenheit dem sozialistischen Paradies den Rücken zu kehren, war dann eine offene Bankrotterklärung des Systems. Die gegenwärtige Diskussion, ob die »sozialistischen Errungenschaften« sich in freie Marktmechanismen einfügen lassen, ist eher ein Nachhutgefecht.

Doch auch formale Lippenbekenntnisse zur offenen Wirtschaft werden niemals greifen, um so weniger als die Umstellung der gelenkten Volkswirtschaft auf Marktwirtschaft eine viel längere Zeitspanne erfordert, als es die ungeduldigen Bürger in diesen Staaten erhoffen. Es ist nützlich, sich daran zu erinnern, dass der Aufbau in Westeuropa nach dem Kriege bis zur Einführung des weitgehend freien Waren- und Dienstleistungsverkehrs mehr als ein Jahrzehnt dauerte. Eine Umstellung der Volkswirtschaften in Osteuropa sollte mit ähnlichen Zeitspannen rechnen. Die bisher planwirtschaftlich dirigierten Länder müssen das ABC der Marktwirtschaft von Grund auf lernen. Die Mischung politischer Liberalisierung mit sozialen und wirtschaftlichen Reformen erfordert einen langen Atem, was von einer Bevölkerung, die sofort und jetzt eine Besserung der Lebensverhältnisse erwartet, eine grosse Portion Geduld und politischen und menschlichen Weitblick erfordert.

Veränderte politische Landkarte

Den genauen Ablauf der Ereignisse im Osten unseres Kontinents aufzuzeichnen, ist verfrüht. Es gilt aber Schlüsselpunkte festzuhalten. Der Entscheid Gorbatschews, unter dem Vorzeichen von Glasnost Diskussionsfreiheit und Kritik zuzulassen, führte zum erregenden Schauspiel der ersten parlamentarischen Fingerübungen der Russen im Kreml, wo wir Zeuge wurden, wie missliebige Kandidaten abgewählt und bisher als Staatsgeheimnis gehütete Schwachstellen im Sowjetsystem öffentlich diskutiert wurden. Die Kritik in den baltischen Staaten ging weiter, da hier nationale Strömungen hineinspielen und dabei die Rechtmässigkeit der Annektion der drei Länder und die Frage des Austrittes aus der UdSSR Themen der Debatten waren.

Auch in Polen ist die Entwicklung bereits viel weiter fortgeschritten, da hier in freien Wahlen die Kommunisten eine vernichtende Niederlage hinnehmen mussten. Die Rolle Walesas und der »Solidarität« im Freiheitskampf der osteuropäischen Völker kann nicht hoch genug eingestuft werden, haben sie doch auch unter dem Ausnahmezustand seit Anfang der achtziger Jahre durchgehalten und somit ein Tor geöffnet. In Ungarn wiederum, wo der Gulaschkommunismus andere Voraussetzung bot, haben die Kommunisten versucht, sich an die Spitze der Reformen zu setzen, um durch eine Mauserung zu einer Sozialistischen Partei den Anschluss nicht völlig zu verlieren. Hier stehen die Wahlen noch bevor.

Der Aufbruch in Polen und Ungarn wurde in allen anderen kommunistischen Ländern genau verfolgt, so auch in der DDR, wo die Starrheit des SED-Regimes die jungen Leute zu Zehntausenden aus dem Lande trieb, während im Inneren unter dem Schutz der Kirche sich die Massen zum Protest zu formieren begannen. Als Budapest mit Rückendeckung Moskaus den KSZE-Vertrag, das heisst die Einhaltung der Menschenrechte, höher einstufte als einen bilateralen Schutzvertrag mit Ostberlin und daraufhin die Grenzen nach Österreich öffnete, war die Flut nicht mehr zu halten. Der Exodus der deutschen Bevölkerung und damit der Zusammenbruch des ostdeutschen Staates zeichneten sich ab. Der Versuch des Regimes, durch eine Vorwärtsstrategie – Reisefreiheit und Öffnung der Berliner Mauer – zu retten, was zu retten war, nützte nichts mehr. Es folgte der Kollaps des

SED-Regimes, der ein staatliches Vakuum hinterlassen hat. Die Verantwortung für die DDR müssen in zunehmendem Masse die Bundesrepublik, die EG und die Siegermächte übernehmen. Ein Tauziehen hat bereits eingesetzt.

Im Schatten des Dramas in Osteuropa

Vor dem gewaltigen Drama in Osteuropa treten die anderen politischen Geschehnisse in den Hintergrund. Wer denkt noch daran, dass in diesem Sommer China im Mittelpunkt des Weltinteresses gestanden war? Die gewaltsame Unterdrückung der demokratischen Regungen als Folge von Liberalisierungen im Wirtschaftsbereich waren ein Rückfall in den finstersten Stalinismus. Der Aufmarsch der Panzer im Herzen von Peking rief uns deutlich das wahre Gesicht des kommunistischen Totalitarismus in Erinnerung. Sicherlich haben die blutigen Ereignisse in Rotchina die Entwicklung in Europa mitbeeinflusst. Als drohende Eventualität spielt sie bei allen Entscheidungen mit.

Aber auf der anderen Seite ist kaum anzunehmen, dass die Chinesen auf Dauer die gestürzten Götter des marxistisch-leninistischen Himmels weiter anbeten werden. Die Eile, mit der die Potentaten des in eine völlige Isolation geratenen Rotchina den Emissär von Präsident Bush empfangen haben, deutet an, dass Peking erste Schlüsse aus der sich verändernden weltpolitischen Lage zu ziehen beginnt. Dieser Schritt des amerikanischen Präsidenten ist ein weiteres Zeichen dafür, dass der Herr im Weissen Haus die Regierungszügel fest in die Hand genommen hat. Er ist aus dem Schatten seines Vorgängers herausgetreten und beginnt einen eigenen Führungsstil zu entwickeln. Man hat Bush anfangs Passivität und fehlende Initiative vorgeworfen. Inzwischen ist nicht zu verkennen, dass er die Entwicklung in seinem Lande und in der Welt mit wachem Blick verfolgt und im richtigen Augenblick die Führung übernimmt. Die amerikanische Weltmacht ist unter Führung ihres Chefs präsent, nicht nur um »Feuerwehr« zu spielen, sondern um ungeachtet isolationistischer Regungen bei der Neugestaltung der europäischen Friedensordnung mitzuwirken.

Die wachsame Behutsamkeit, mit der Washington gegenwärtig Politik betreibt, zeigt sich sowohl in Kambodscha, wo eine Regelung einstweilen nicht in Sicht ist und Fortschritte grosse Geduld verlangen, wie auch in Mittelamerika, wo ein »Austrocknen« der Minidiktaturen linker und rechter Observanz angestrebt wird. Aber auch die Bekämpfung der Drogenpest erfordert einen langen Atem, wobei die Administration Bush eingesehen hat, dass damit im eigenen Lande begonnen werden muss.

Eine Politik der kleinen Schritte ist auch im Mittleren Osten zu verfolgen, diesem Krisenherd ohne Ende. Der Aufstand der Palästinenser in den israelisch besetzten Gebieten währt nun bereits zwei Jahre, und die Präliminarien für einen Beginn wirklicher Verhandlungen zur Lösung des Mittelostkonfliktes gehen im

Schneckentempo voran. Die israelische Regierung spielt auf Zeitgewinn, obwohl auch sie nicht übersehen kann, dass in einer sich verändernden Welt auch die Rolle der USA als Schutzmacht eine andere Gewichtung erhält. Während die irakisch-iranischen Friedensgespräche kaum vom Fleck kommen, in Afghanistan der Kleinkrieg weitermottet, ist im Libanon der erneute Versuch, den Bürgerkrieg zu beenden, diesmal nicht aussichtslos. Denn der Vertrag von Taif, der eine Neuregelung der Machtverteilung zwischen Christen und Muslimen anstrebt, wird nicht nur von der Mehrheit der Araber, sondern auch von den Weltmächten unterstützt.

Eine Politik der kleinen Schritte verfolgt auch der neue Präsident in Südafrika. Ohne Reformen in der Rassenfrage ist eine Überwindung der Isolierung, in die das Land geraten ist, kaum zu erreichen. Erste Schritte können als Zeichen des guten Willens angesehen werden, wozu auch die Mitarbeit bei der Abhaltung freier Wahlen in Namibia zu rechnen ist. Eine wirkliche Befriedung von Moçambique und Angola, die einen Wiederaufbau einleiten könnte, lässt dagegen auf sich warten.

Während in Indien die Wahlen eine Bestätigung dafür sind, wie stark die Demokratie in diesem Lande inzwischen verwurzelt ist – auch wenn der Wahlausgang eher eine Periode der Instabilität signalisiert –, so hat in Südamerika die Entwicklung zur Demokratie einen Rückschlag erfahren, da sich sowohl in Argentinien wie auch in Brasilien die demokratischen Regierungen der Aufgabe nicht gewachsen gezeigt haben, mit wirtschaftlichen und gesellschaftlichen Problemen fertig zu werden, und populistische Regungen bei den Wählern wieder stärker Gehör finden. Die Ausmarchung in Chile über die Zukunft des Landes ist nicht im Sinne des bisherigen Militärmachthabers ausgefallen.

1990

Wiedervereinigung und Golfkrise

In der europäischen Geschichte gibt es kaum einen Zeitabschnitt, während dem sich unser Kontinent stärker verändert hat als in den Monaten seit Herbst 1989. Die »friedliche Revolution« hat eine Eigendynamik und ein Tempo entwickelt, welche die Intentionen der Politiker häufig zu überrollen scheinen und deren Auswirkungen auf Politik und Wirtschaft kaum abzuschätzen sind. Am augenscheinlichsten treten diese Veränderungen in den ehemaligen Satellitenstaaten der Sowjetunion in Erscheinung, doch reichen die Ausstrahlungen viel weiter und sind auf dem ganzen Erdball spürbar. Der ins Wasser geworfene Stein wirft seine Wellen nach allen Seiten.

In einem gestrafften Jahresrückblick ist es unmöglich, alle Aspekte dieses dramatischen Wandels aufzulisten, um so weniger als die Entwicklung weitergeht, ganz unerwartete Aufbrüche hervorruft und auch überraschende Nebenerscheinungen zutage treten lässt. Die Diskussion in der Schweiz über eine »Identitätskrise« gehört in diesen Bereich. Noch schwieriger ist es, in diesem Veränderungsprozess jene Kräfte und Tendenzen zu erkennen, die unser Leben am tiefsten beeinflussen oder die grössten Auswirkungen auf die künftige politische, soziale und wirtschaftliche Szene haben werden.

Bankrott des Kommunismus

Die geistig-ideologische Voraussetzung für die Veränderung der Weltsituation ist die Bankrotterklärung des Kommunismus, dessen Leitideen jede Attraktivität verloren haben. Dazu kommt das völlige Versagen der Planwirtschaft. Überall, wo sie das Kommando führte, hat sie Armut, Unordnung und Korruption hinterlassen. Unvorstellbar, dass in Gegenden, die früher als Kornkammer Europas bekannt waren, heute Hungersnot und Misere herrschen. Nun sollen Demokratie und Marktwirtschaft die Wende herbeiführen. Aber bereits jetzt droht die Gefahr, dass die hochgesteckten Erwartungen in Enttäuschung und Apathie umschlagen. Der Weg vom Totalitarismus zur Demokratie erweist sich als mühsamer und länger, als es sich die Bevölkerung im Osten unseres Kontinents vorgestellt hat. Der Eisenbahnerstreik in der ehemaligen DDR und das Auftauchen eines Wunderdoktors bei den Präsidentenwahlen in Polen sind nur zwei Beispiele dafür. Der Umgang mit der Freiheit und die Praxis des real existierenden Kapitalismus erfordern Geduld, Lernbereitschaft und Augenmass, alles Eigenschaften, die einen langen Atem verlangen. Die Emanzipation zur Eigenverantwortung ist ein langwieriger Prozess, und die Fähigkeit, Initiativen zu entwickeln, muss gelernt und erprobt sein.

Der Triumphzug zur Freiheit und zur Selbstverantwortung kann aber ein schnelles Ende finden, wenn es nicht gelingt, eine neue Weltfriedensordnung zu entwickeln. Innerhalb eines Jahres ist das auf dem atomaren Patt der Supermächte beruhende Friedensgleichgewicht aufgehoben worden. Immerhin hat dieses System Europa eine vierzigjährige Friedenszeit gebracht und konnte gleichzeitig verhindern, dass sich lokale Konflikte in einen Weltbrand ausweiteten. Diese Epoche, der kalte Krieg genannt, ist nun vorbei. Mit grossem Aufwand und unter dem Beifall der europäischen Völker wurde seine Beendigung am KSZE-Gipfel in Paris gefeiert. Dass es sich dabei nicht nur um Deklamationen handelt, zeigen die substantiellen Rüstungsvereinbarungen, die ein beträchtliches Arsenal von Kriegsmaterial zu Schrott machen. Der Abzug der Roten Armee aus Mitteleuropa ist terminiert, und gleichzeitig wurde eine Reduktion der stehenden und Reservearmeen beschlossen. Auch das ist ein bisher beispielloses Ereignis. In den Generalstäben müssen neue Sicherheitskonzepte erarbeitet werden. Andererseits wird es immer mühsamer, die Wähler davon zu überzeugen, dass zu einer friedlichen Welt auch ein bewaffneter Arm gehört. Die Armeeabstimmung in der Schweiz war eine Illustration dieses Problems.

Golfkrise und neue Weltfriedensordnung

Die Annäherung zwischen Ost und West und vor allem die Rückkehr der osteuropäischen Länder in den Kreis des demokratischen Westens mögen die unmittelbare Bedrohung in Europa herabgesetzt haben, so dass sich ein entspannteres Klima ausbreiten kann. Doch der Begriff »Sicherheit« verliert an Eindeutigkeit und Klarheit, wenn nun ökologische, soziale, demographische und ethnische Elemente hineinspielen. Denn eins ist sicher: Das Zeitalter des Weltfriedens ist keineswegs ausgebrochen. Ganz im Gegenteil, die Ungewissheit über die Zukunft der Welt hat die Politik weniger berechenbar gemacht als bisher, was die allgemeine Unsicherheit erhöht und damit auch die Gefahr kriegerischer Auseinandersetzungen grösser macht.

Unmittelbare Kriegsgefahr herrscht gegenwärtig in der Golfregion, wo der irakische Diktator Saddam Hussein, ermutigt durch die Abrüstungseuphorie im Westen, über den kleinen Nachbarstaat Kuwait hergefallen ist und ihn annektierte. Es ist der gleiche Mann, der den Iran grundlos angegriffen hat und die Minderheit in seinem eigenen Lande mit Giftgas zur Raison bringen wollte. Der Westen, und vor allem die Vereinigten Staaten, die gegenwärtig allein als Supermacht Ordnungsfunktionen übernehmen können, haben diese eklatante Verletzung des Völkerrechtes, Hitlers Aufstieg vor Augen, nicht hingenommen, sondern militärische und wirtschaftliche Gegenmassnahmen ergriffen. Dabei hat es Präsident Bush verstanden, erstmals die Uno zu einem geschlossenen Vorgehen zu bringen und eine Einheitsfront, die sowohl die Sowjetunion wie auch China und die wichtigsten arabischen Länder umfasst, zu bilden. Eine Uno-Vollmacht zum militärischen Vorgehen gegen den Irak, kombiniert mit diplomatischen Schritten, zeigt erste Erfolge. Bagdads Führung beginnt zurückzuweichen. Eine der in der Uno-Resolution erhobenen Forderungen wurde erfüllt: Die als Geiseln festgehaltenen Ausländer können ausreisen.

Dabei wäre es mehr als verfrüht zu hoffen, die Uno könnte hinfort Garant einer Weltfriedensordnung werden, auch wenn sie im Golfkonflikt eine wichtige Rolle spielt. Die Koalition der fünf ständigen Mitglieder des Sicherheitsrates wird früher oder später auseinanderbrechen. Es sind die USA und ihre Streitkräfte allein, die auch künftig verhindern können, dass Lokalkonflikte zu einem Grossbrand eskalieren oder machtlüsterne Potentaten mit Massenvernichtungswaffen in der Hand den Frieden bedrohen. Von einem machtpolitischen Gleichgewicht, das zu einer weltweiten Friedensordnung führen könnte, sind wir noch weit entfernt, um so mehr als sich die Europäer einstweilen weigern, mehr Verantwortung in dieser Hinsicht zu übernehmen, und auch Japan nach wie vor abseits steht.

Verschärfter Mittelost-Konflikt

Auf eine weitere Probe wird Washingtons Diplomatie gestellt, wenn es darum geht, das andere Mittelostproblem, Palästina, anzupacken, ohne dass der Eindruck entsteht, Saddam Hussein hätte durch seine Gewaltpolitik die Amerikaner an den Verhandlungstisch gezwungen. Selbstverständlich besteht ein Zusammenhang zwischen beiden Problemen, aber gleichzeitig sieht jede weitsichtige Politik, dass nur eine getrennte Behandlung hier und dort Erfolge bringen kann. Verhindert werden muss vor allem, dass Fanatiker irgendwelcher Couleur die Lunte ins Pulverfass werfen.

Israel hat bisher alles getan, um nicht in den Golfkonflikt hineingezogen zu werden, obwohl dessen Ausgang sein künftiges Schicksal mitbestimmt. Denn niemand sollte darüber hinwegsehen, dass die arabischen Massen im Hasardeur und Despoten Saddam ihren Retter und Führer sehen. Jerusalem ist bisher mit dem arabischen Aufstand in den besetzten Gebieten relativ gut fertig geworden. Gleichzeitig hat es aber wenig getan, um das Palästinaproblem einer Lösung näherzubringen, denn die Israeli beharren auf der Linie, durch eine Politik der Stärke nach innen und nach aussen den Staat und die Gesellschaft zu konsolidieren. Die wirtschaftliche Abhängigkeit von der Umgebung soll durch die Einwanderung russischer Juden gemindert werden. Durch eine Internationalisierung des Palästinakonfliktes glaubt Israel nur verlieren zu können. Von einem Frieden in dieser Region ist man noch weit entfernt.

Zerfall des Sowjetimperiums

Neben der Dramatik auf der Mittelostbühne findet ein anderer Prozess kaum die ihm gemässe Einordnung: der Zerfall des sowjetischen Imperiums. Noch vor drei Jahren eine Weltmacht, die Furcht und Schrecken verbreiten konnte, ist die UdSSR heute ein Staatswesen, von dem man nicht weiss, ob die Behörden noch die Kontrolle ausüben und was die Ursachen der zutage getretenen Mangellage sind, und das nun durch Geldspritzen und Hilfssendungen über die Runden gebracht werden soll. Präsident Gorbatschew, der durch erste mutige Schritte die Entwicklung in Russland und in den angrenzenden Ländern in Gang gesetzt hat, wurde von der Entwicklung überrollt und kämpft nun mit dem Rücken an der Wand gegen die Krise und um sein politisches Überleben. Die Lage wird immer unübersichtlicher. Die Umgestaltung der Regierungsstruktur verschleiert nur die Tatsache, dass die Machtverhältnisse im Kreml undurchsichtig sind. Halbherzige Demokratisierungsversuche und der zögernde Übergang zu einer freieren Wirtschaft sind wenig geeignet, Vertrauen herzustellen.

Verständlich, dass in dieser Situation mehrere Republiken der sowjetischen Föderation das Heil im Alleingang suchen. Nicht nur die baltischen Staaten, die sich dem europäischen Westen zugehörig fühlen, wollen weg aus der Sowjetunion. Auch im Kaukasus brodelt es. Die Ukraine erinnert sich an die eigene Geschichte, und sogar die russischen Kernländer sehen ihre Rolle in der Sowjetunion auf einmal anders. Es ist schwer abzuschätzen, wie weit die russische Bevölkerung im Augenblick nur die Befriedigung der wichtigsten Bedürfnisse erwartet, oder ob sie sich für die Umgestaltung der Staatsstruktur des Vielvölkerstaates interessiert. Der Zerfall des Sowjetreiches wird nicht nur die Landkarte verändern, sondern kann weiterwirkende Unsicherheitsfaktoren und Gefahrenmomente hervorrufen, um so mehr als die Machtverhältnisse im Staat völlig unübersichtlich sind. Man muss nur wünschen, dass die Atomwaffen sich unter sicherem Verschluss befinden.

Die Bemühungen des Westens, mit Care-Paketen und Milchpulversendungen die Situation in der UdSSR stabilisieren zu helfen und dem bedrängten Gorbatschew zu Hilfe zu eilen, wirken ein wenig hilflos. Doch ist man sich im Westen im klaren darüber, dass eine Destabilisierung im Osten eine Auswanderungswelle hervorrufen kann, welche die Flüchtlingsströme nach dem Zweiten Weltkrieg in Erinnerung ruft. Zu den Asylanten aus Asien und Afrika kämen die Ostflüchtlinge. Bestrebungen, die Menschen mit allen Mitteln zum Bleiben in ihren Heimatländern zu bewegen, verdienen Unterstützung, auch wenn es etwas kosten sollte. Ein Umdenken ist hier am Platz. Denn das Asylanten- und Flüchtlingsproblem droht Punkt eins auf den politischen Agenden zu werden.

Die deutsche Wiedervereinigung

Vor diesem Hintergrund mag es nicht erstaunen, dass wir die deutsche Wiedervereinigung erst an dieser Stelle erwähnen. Sie hat im öffentlichen Interesse auch bei uns Schlagzeilen gemacht, stellt aber nur eines, nicht das zentrale Ereignis des abgelaufenen Jahres dar. Auch hier hat die Entwicklung ein rasantes Tempo eingeschlagen. Dabei hat Bundeskanzler Kohl das einzig Richtige in dieser Situation gemacht, nämlich nicht zu bremsen, sondern den politischen Prozess voranzutreiben in Richtung auf eine Erweiterung der Bundesrepublik nach Osten. Er ist dabei ein grosses Risiko eingegangen, aber drei Faktoren haben ihm bei seinem Vorgehen geholfen: Einmal die konsolidierte wirtschaftliche und politische Potenz der Bundesrepublik, dann der unmissverständliche Wunsch der ostdeutschen Bevölkerung, durch einen sofortigen Zusammenschluss den Ausweg aus ihrer Misere zu erreichen, und drittens die Tatsache, dass die Siegermächte des Zweiten Weltkrieges, aber auch die europäischen Nachbarn, nach ganz kurzem Zögern sich der Wiedervereinigung nicht in den Weg stellten, sondern ihn tatkräftig förderten, um auf diesem Weg ein Minimum an Einfluss auf den Gang der Dinge zu behalten. Mit dem Entscheid zur Währungsunion waren die Weichen gestellt. Die Einigung mit der Sowjetunion, eine klare Stellungnahme in der Grenzfrage, Verzicht auf ABC-Waffen, Festhalten an allen vertraglichen Bindungen sowie Einfügung in den KSZE-Prozess brachten dem grösser gewordenen Deutschland die volle Souveränität zurück.

Die Welt ringsum hat diesen einjährigen Prozess der Wiedervereinigung mit einer Mischung von Staunen, Bewunderung und Besorgnis verfolgt. Hat auf der Weltbühne die Krise der Sowjetunion das Gleichgewicht verändert, so bedeutet die deutsche Wiedervereinigung eine Störung des europäischen Gleichgewichts. In den vergangenen Jahrzehnten war die wirtschaftliche und politische Potenz der vier europäischen Hauptmächte etwa gleich gewesen und ermöglichte so die Entwicklung der EG. Nun fallen die Bevölkerungszahl und die Wirtschaftskraft Deutschlands ganz anders ins Gewicht. Das wird Probleme bringen. Während der nächsten Jahre wird Deutschland zwar voll damit beschäftigt sein, die fünf neuen

Länder zu integrieren, die Bevölkerung der DDR mit den Spielregeln der Demokratie vertraut zu machen, die soziale Ungleichheit auszubalancieren sowie die zunehmenden Ansprüche auf einen mit dem Westen vergleichbaren Wohlstand zu befriedigen. Danach aber wird die gestärkte und mächtigere Position Deutschlands voll zur Wirkung kommen. In dieser Zeitspanne haben die europäischen Nachbarn Gelegenheit, wie nach dem Zweiten Weltkrieg ein Netz von Bindungen, Verpflichtungen, Aufgabenstellungen und Verträgen auszuwerfen, um so die frei gewordenen deutschen Kapazitäten weniger in nationale als in europäische Kanäle fliessen zu lassen. Der Einbezug der Oststaaten in diesen Prozess sollte möglich sein, und eine stärkere Betonung des Regionalen könnte neue Wege zeigen. Dass die Nato auf reduzierter Basis ihre Aufgaben weiterführen will, weist hier den Weg.

Das gleiche gilt für die EG. Auch wenn die politische Öffnung nach Osteuropa die Brüsseler Behörde angesichts der neuen Aufgaben ein wenig aus dem Tritt gebracht hat, geht der Marsch in Richtung auf eine Währungsunion und einen Gemeinsamen Markt weiter. Wieweit Grossbritannien auch nach dem Wechsel an der Regierungsspitze von Margret Thatcher zu John Major die Rolle des Bremsers weiterführen will, muss abgewartet werden. Die Bemühungen der EFTA-Länder, durch die Bildung eines Europäischen Wirtschaftsraumes eine Zwischenposition zu erreichen und so grössere Bewegungsfreiheit zu behalten, scheinen nicht sehr erfolgreich zu sein. Das braucht noch keineswegs das Ende der kleinen Freihandelszone zu bedeuten, die bei der Integration der osteuropäischen Länder zudem eine wieder aufgewertete Rolle spielen kann. Auch die EG sollte ihre Verantwortung für eine weitere Ausweitung des Welthandels überdenken. Die Politik der Obstruktion im Gatt kann nicht unbefristet verlängert werden.

Im Schatten grösserer Ereignisse

Neben den Dramen in Osteuropa und im Mittleren Osten traten 1990 andere politische Geschehnisse in den Hintergrund. So hätten etwa die Veränderungen in Südafrika noch wenige Jahre früher einen ganz anderen Stellenwert eingenommen. Der Wandel am Kap der Guten Hoffnung verdient die Charakterisierung einer »stillen Revolution«. Unter zunehmendem innenpolitischem Druck und bei wachsenden Wirtschaftsschwierigkeiten hat Präsident de Klerk das Steuer um 180 Grad herumgeworfen und als erstes die Apartheid-Ideologie über Bord geworfen, bevor er mit der Veränderung der politischen Strukturen begann. Jedermann kann sich jetzt frei im Lande bewegen. Nach der Freilassung Nelson Mandelas hat der Präsident den Gesprächspartner gefunden, der dazu beitragen kann, die schwarze Bevölkerung für eine Übernahme der Verantwortung vorzubereiten.

Fast unbeachtet ist in Chile der Übergang von einer Militärdiktatur in ein demokratisches Staatswesen über die Bühne gegangen. Allerdings wird die Auseinandersetzung mit der Vergangenheit noch einige Zeit andauern. In den beiden anderen grossen lateinamerikanischen Staaten, Brasilien und Argentinien, hat der Wechsel an der Staatsspitze keine Erschütterungen hervorgerufen. Hier sind es vornehmlich Wirtschaftsprobleme, zu deren Bewältigung der Wille nicht immer aufgebracht wird. Es sind eher die Staaten im Norden des Halbkontinents, die wirtschaftlich stark vom Anbau der Coca-Pflanze abhängig sind und die damit auf die internationale Drogenszene einwirken, die als neues Gefahrenzentrum anzusehen ist. Hier entsteht ein Szenarium, von dem eine neue Art der Bedrohung für den Frieden in anderen Ländern ausgehen kann.

Japan, heute die zweite Wirtschaftsmacht der Welt, zögert nach wie vor, Ordnungsfunktionen zu übernehmen, während auf dem Festland die Volksrepublik China, wo Marx, Lenin und Mao noch immer den Altar zieren, alle Anstrengungen unternimmt, um aus der Isolation herauszukommen, in die das Land nach der Unterdrückung von Freiheitsregungen vor einem Jahr geraten war. Pekings Bereitschaft, der US-Allianz gegen den Irak beizutreten, hat hierin ihre Ursache. Die Befriedung Südostasiens, d.h. die Rückkehr Vietnams in die Völkergemeinschaft und die Neuordnung der Verhältnisse in Kambodscha, gehen langsam voran. Seitdem Moskau darauf verzichtet, in allen Krisenregionen Öl ins Feuer zu giessen, haben sich die Chancen erhöht, dass ein Ausgleich der Interessen erreicht werden kann und dass die internationale Rechtsordnung einschliesslich der Menschenrechte mehr respektiert wird. In Indien schliesslich, wo die

Regierungsmacht nicht gerade Beweise einer grossen Kohärenz ablegt, sind es weniger die zentrifugalen Kräfte als vielmehr das Auftreten eines intoleranten Fundamentalismus unter der Hindu-Bevölkerung, die als Zeichen einer gewissen Instabilität interpretiert werden können.

1991

Golfkrieg und neue Nationalismen

Eins haben wir aus den politischen Veränderungen der letzten Jahre sicher gelernt: grösste Zurückhaltung zu üben, wenn es darum geht, Voraussagungen über kommende Entwicklungen abzugeben. Die Zeitgeschichte hat ein so rasantes Tempo eingeschlagen, dass wir völlig unsicher sind, in welche Richtung wir blicken müssen, um ein »historisches Ereignis« nicht zu verpassen, und dass es immer schwieriger wird zu erkennen, welche politischen Aktionen die weitreichendsten Folgen nach sich ziehen können.

Eine Pandora-Büchse

Der Durchbruch zu Freiheit, Demokratie und Rechtssicherheit in Osteuropa, aber auch in anderen Teilen der Welt hat grosse Erwartungen geweckt. Der Triumph über Totalitarismus, ideologisch verbrämte Bevormundung und Ausbeutung schien den Weg freizumachen für eine friedliche Zukunft. Doch die Öffnung nach allen Seiten hat gleichzeitig eine Pandora-Büchse aufgetan, aus der finstere Kräfte aller Art ins Freie drängten, die wir zumindest in der westlichen Welt gezähmt und eingebunden glaubten: übersteigerter Nationalismus, archaische Irrationalität, geboren aus der Angst, zu kurz gekommen zu sein, oder aus Angst vor der Zukunft, politischer Fanatismus oder religiöse Intoleranz, aber auch einfach ein ungezügeltes Machtstreben. Offenbar geht der Wandel in unserer Welt so rasch vor sich, dass viele Menschen nur so reagieren können, dass sie auf Vorstellungen und Lebensformen einer früheren, scheinbar »heilen Welt« zurückfallen.

Die in der Zeit des kalten Krieges, vor allem im Westen, entwickelten Leitgedanken von den Menschenrechten und dem Völkerrecht, sowie der Ausbau eines Geflechtes von Institutionen und Vertragsbindungen für ein Neben- und Miteinanderleben der Völker, erlitten einen schweren Rückschlag. Der Lehr- und Lernprozess in Demokratie, Freiheit, Marktwirtschaft sowie Toleranz und Bereitschaft zum Ausgleich unterschiedlicher Interessen müssen weitergehen. Wie sehr auf diesen Gebieten allerorten ein Nachholbedarf besteht, kann jeden Tag registriert werden. Die politische Entwicklung droht das Netz der institutionellen Sicherungen zu unterlaufen, was zur Folge haben könnte, dass vermehrt die Macht gegenüber Recht und Solidarität die Oberhand behält.

Eine Antwort auf die Herausforderungen unserer Zeit zu finden, ist aber ohne eine eingehende Auseinandersetzung über die Grundwerte unserer Lebensform und über ihre Zielvorgaben kaum zu erhalten. Nur wenn weitgehend Einigkeit darüber erreicht werden kann, auf welche geistigen, ethischen und sozialen Werte wir unter keinen Umständen verzichten dürfen, und wenn wir uns darüber einigen können, wie hier die Prioritäten gesetzt werden müssen, dann können wir sicher auf die eigentlichen Fragen unserer Zeit angemessen reagieren. Dann werden wir den Aufstieg und Niedergang der Nationen, den Durchbruch ins Offene oder den moralischen Zerfall rechtzeitig erkennen und demnach auch richtig handeln.

Vorboten einer Völkerwanderung

Dann wird es nicht unmöglich sein, die Rangordnung von Toleranz und Solidarität auf der Wertskala festzulegen, um uns rechtzeitig auf das drängendste und wohl auch tiefreichendste Problem unserer Zeit, aber auch der kommenden Jahrzehnte vorzubereiten: auf das Anschwellen einer weltweiten Völkerwanderung. Wer nur von Asylanten und Flüchtlingen spricht, blickt sehr kurz. Hier handelt es sich nicht um die Bewältigung von lokalen oder nationalen Aufgaben. Wir haben es mit den Vorboten der aus Überbevölkerung und Armut entstandenen Massenbewegungen zu tun, welche die ganze Welt umfassen und die sich dank der modernen Informationsmöglichkeiten und dank der ausgebauten Verkehrsverbindungen zu einem guten Teil in unsere Richtung bewegen. Nur durch gemeinsame Anstrengungen kann dieser wachsende Bevölkerungsdruck aufgefangen werden.

Neben dieser künftigen, immer tiefer reichenden Konfliktsituation wird die politische Szene zur Zeit durch den Zerfall der Weltmacht Sowjetunion bestimmt. Unsere Generation hat bereits das Ende des britischen Weltreiches und die Auflösung des französischen Empire miterlebt. Der Zusammenbruch der östlichen Supermacht erreicht aber ganz andere Dimensionen und ist in seinen Auswirkungen überhaupt nicht abzuschätzen. Gorbatschews Versuch, durch eine Revolution von oben und durch einen massiven Abbau macht- und aussenpolitischer Positionen eine Erneuerung des kommunistischen Systems und damit auch die Erhaltung der Weltmacht UdSSR zu erreichen, ist jämmerlich gescheitert. Der misslungene Putsch der konservativen Kräfte im August dieses Jahres hat das bolschewistische Herrschaftssystem endgültig hinweggefegt, das Lenin im Oktober 1917 errichtet hatte. Die mächtige KP wurde aufgelöst, ihr Besitz beschlagnahmt. Und der Sturz des Parteisystems riss seine Machtstrukturen mit sich: Geheimpolizei, Armee, Zentralregierung. Und damit zerfiel auch der Einheitsstaat Sowjetunion in die ursprünglichen Bestandteile. Auch Warschaupakt, Comecon, das östliche Gegenstück zur EG, verschwanden von der Bildfläche. Der Sowjetstaat scheiterte letztlich an seinem angeborenen Widerspruch zwischen Utopie und den Mitteln, die zu deren Verwirklichung eingesetzt wurden.

Zerfall des Sowjetimperiums

Auch wenn Gorbatschew weiter um die Erhaltung eines Staatsgebildes kämpft, das an die ehemalige Weltmacht anknüpft, werden wir uns damit abfinden müssen, dass die europäische und asiatische Landkarte vielfältiger und buntscheckiger aussehen wird und dass in Zukunft eine Reihe neuer oder wiedergeborener

Staatsgebilde unsere Gesprächspartner sein werden. Gorbatschew als Präsident der UdSSR ist ein Präsident ohne Land und ohne Macht. Die Unabhängigkeit der drei baltischen Staaten Estland, Lettland und Litauen ist bereits weltweit anerkannt worden. Gewichtiger ist jedoch die Abspaltung der künftigen Atommacht Ukraine, die an Grösse und Bevölkerungszahl Frankreich gleichkommt. Im Kaukasus und in Innerasien verlangen ebenfalls alte Völker die staatliche Unabhängigkeit. Bereits hat die Türkei Aserbeidschan anerkannt, um zu verhindern, dass der iranische Fundamentalismus auch diesseits des Kaspischen Meeres Fuss fasst.

Bereits dieser bei uns kaum beachtete einseitige politische Schritt Ankaras deutet an, was für Sprengstoff durch den Zerfall der Moskauer Zentralmacht auf dem Boden der einstigen Union bereitliegt: umstrittene Grenzen, Minderheitsprobleme, religiöse Gegensätze, das Gespenst des Nationalismus, eine katastrophale Wirtschaftslage, eine desorientierte Verwaltung, schwindende Autorität, eine Armee ohne politische Kontrolle. Eine vorläufige Stabilisierung kann höchstens von der Republik Russland ausgehen, dem bevölkerungsreichsten und wirtschaftsstärksten Teilstaat, wo in der Person Jelzins ein Volksführer aufgetreten ist, der im Augustputsch seine Feuerprobe bestanden hat. Er ist bereit, die Zügel in die Hand zu nehmen. Durch die Bildung einer Union unabhängiger Republiken, aber auch durch die Forcierung der Wirtschaftsreform, soll ein politisches Chaos verhindert und dem freien Fall der Wirtschaft entgegengewirkt werden. Ob er aber die Zeit hat, die rechtzeitige Umwandlung der Wirtschaft durchzusetzen und ob die Bevölkerung bereit ist, die notwendige Rosskur während weiterer Jahre zu ertragen, bleibt eine offene Frage. Doch scheint es der einzige Weg zu sein, um ein völliges Durcheinander zu verhindern.

USA – die einzige Weltmacht

Das Verschwinden der Sowjetunion als eine Weltmacht bedeutet gleichzeitig das Ende der bipolaren Machtverteilung, die seit dem Zweiten Weltkrieg die Weltszene bestimmte. Einzige Weltmacht sind heute die USA, die nun nicht nur wie bisher das machtpolitische Gleichgewicht in der Welt sichern müssen, sondern sich plötzlich in die Rolle des Friedensstifters, Schiedsrichters und Maklers in jedem lokalen Streit versetzt sehen. Es muss als ein Glücksfall angesehen werden, dass in dieser Epoche des weltpolitischen Umbruchs (wieder einmal) in den Vereinigten Staaten ein Mann an der Spitze steht, der mit seinen Mitarbeitern zusammen die aufkommenden Chancen, aber auch die Gefahren weitgehend erkannt hat und mit Weitblick und Augenmass, aber auch mit Machtbewusstsein und Verantwortungsgefühl darauf reagiert. Nun ist Präsident Bush alles andere als ein "Superman". Die Gefahr, dass es der Supermacht USA ähnlich ergeht wie der Sowjetunion, deren wirtschaftliche Basis sich für eine Weltpolitik als zu schwach erwies, ist nicht von der Hand zu weisen. Eine schwachbrüstige Konjunktur und ein wachsender Schuldenberg in den

USA sind nicht die besten Voraussetzungen, um weit gespannte Pläne zu realisieren. Die Zwischenwahlen im November haben aufgezeigt, dass auch für Präsident Bush die Bäume nicht in den Himmel wachsen.

Kernstück der amerikanischen Aussenpolitik ist die Errichtung einer neuen Weltfriedensordnung. Sie knüpft an Vorstellungen am Ende des Zweiten Weltkrieges an, berücksichtigt aber die inzwischen gewonnenen Erfahrungen. Ziel dieser Friedensordnung ist die Sicherung der Demokratie, Wahrung der Menschenrechte und die Entwicklung der freien Marktwirtschaft. Um aber nicht in die Rolle eines Weltpolizisten gedrängt zu werden, sollen alle friedenserhaltenden Schritte nur in Zusammenarbeit mit den Verbündeten, allen friedensbereiten Nationen, zu denen jetzt auch die Sowjetunion gezählt wird, sowie unter dem Schirm der Uno erfolgen. Das hat eine Aufwertung der Vereinten Nationen zur Folge, die als Weltforum allen Massnahmen den Stempel der Legitimität aufdrücken sollen und die dann auch für Nichtmitglieder verbindlich sind.

Eine neue Weltordnung?

Der Entwurf für das neue Weltfriedenskonzept entstand in der Golfkrise, und während der militärischen Intervention im Irak erfuhr es eine erste Erprobung. Sicher hatten die Vereinigten Staaten in diesem Konflikt in jeder Hinsicht das Sagen, aber die Art und Weise, wie es Washington gelungen war, in dieser kritischen Situation eine weltweite Allianz auf Zeit zu schmieden, deutet an, wie sich Präsident Bush in Zukunft die Sicherung des Friedens vorstellt, die nicht mehr vom Gleichgewicht des Schreckens bestimmt ist.

Allerdings war die Situation am Golf eindeutig. Gegen einen Usurpator mit Atom- und anderen Massenvernichtungswaffen in der Hand, der sich zum Herrn über die grössten Ölreserven der Welt machen wollte und Weltmachtansprüche stellte, war die Formierung einer Gegenmacht nicht aussichtslos. Die Schlagkraft der alliierten Armeen war gleichzeitig eine Demonstration amerikanischer Stärke und Führungskraft. Hier kam weitgehend die Nato-Armee (ohne Deutschland) zum Einsatz, gewissermassen der Test für die in 40 Jahren vorbereitete Einsatzbereitschaft des westlichen Bündnisses.

Für die Amerikaner ging es in diesem Krieg auch um ein weiteres Ziel der neuen Aussenpolitik: Verhinderung einer Weiterverbreitung von Massenvernichtungswaffen vor allem in Ländern der Dritten Welt. In den Verhandlungen mit Moskau und den neuen Republiken in Osteuropa ist die Kontrolle über die vorhandenen Atomwaffen Thema Nummer eins. Aber auch die amerikanische Verteidigungspolitik ist auf dieses Ziel ausgerichtet. Das SDI-Programm, das gegen einen Überraschungsangriff der Sowjetunion vom Weltraum aus sichern sollte, ist umgestellt und reduziert worden auf ein Konzept, das die Abwehrfähigkeit gegen Angriffe von Drittländern im Besitz von Kernwaffen sicherstellen soll. Die amerikanischen Rüstungsanstrengungen in diese Richtung gehen ungemindert weiter.

Ein unveränderter Pfeiler der amerikanischen Aussenpolitik bleiben weiterhin das westliche Bündnis und die Nato. Washington hat ausdrücklich erklärt, dass die Präsenz Amerikas in Europa auch nach dem Rückzug der Roten Armee unverändert aufrechterhalten bleibt. Die Nato hat sich in der Rückschau während einer Generation als der eigentliche Friedensgarant und Stabilisierungsfaktor erwiesen. Keines ihrer Mitglieder hat die Auflösung verlangt. Ganz im Gegenteil, sie hat ihre Funktionstüchtigkeit erneut unter Beweis gestellt – als einzige der grossen politisch oder wirtschaftlich orientierten Institutionen hat die Nato auf die Veränderungen nach dem Zusammenbruch des Sowjetimperiums bereits reagiert. Das Konzept sah bisher vor, wenn nötig den grossen Knüppel zu schwingen, wie er etwa am Golf zum Einsatz kam. Für die neuen Bedrohungsformen – wie Terroraktionen, Partisanenkrieg wie in Jugoslawien, Grenzkonflikte, die sich auszuweiten drohen, oder militante Unabhängigkeitsbestrebungen – war die militärische Hand des Bündnisses nicht geeignet. Aber bereits hat die Nato ihr Einsatzkonzept den veränderten Bedingungen angepasst und die neue Militärdoktrin ist in Vorbereitung. Hauptaufgabe bleibt nach wie vor die Sicherheit Westeuropas, doch drängen die Amerikaner und Briten auf eine Ausweitung der bisher eng abgesteckten Schutzregion.

Alle anderen Formen einer institutionellen Zusammenarbeit – wie KSZE, EG, OECD als Nachfolgeorganisation des Marshall-Planes, die Bretton-Wood-Institute – zeigen grössere Mühe, sich in der veränderten Grosswetterlage zurechtzufinden und Anpassungen vorzunehmen. KSZE und EG haben sich als völlig ungeeignet gezeigt, den Krieg zwischen Serben und Kroaten in Jugoslawien beenden zu können. Auch hier müssen die Amerikaner, wenn auch im Uno-Dress, einspringen. So versucht der ehemalige US-Aussenminister Vance mit der gleichen Methode, mit der sein Nachfolger Baker die Israeli und Araber an den Verhandlungstisch gebracht hat, die Amok laufenden Serben und die Kroaten zur Vernunft zu bringen. Bisher jedoch ohne Erfolg.

Araber und Israeli an einem Tisch

Im Nahen Osten haben die Amerikaner mit Geduld, Hartnäckigkeit und mit dosiertem Druck eine erste Türe zu einer Friedensregelung geöffnet. Sie wollen nach dem Golfkrieg das Eisen schmieden, solange es heiss ist. Während der Militäraktion hatten Israeli und Araber Seite an Seite gegen den Aggressor Hussein gestanden. Und nun soll diese kurzlebige Zweckallianz in einen länger dauernden Modus vivendi umgewandelt und vertraglich fixiert werden, wobei Feinde und Untertanen sich zu Nachbarn mausern sollen. Ein sehr langer Atem ist dazu nötig. In Madrid erfolgte der erste Schritt, der zweite wird in New York unternommen, der dritte soll in Moskau folgen.

Auch in Madrid sass die EG am Verhandlungstisch, ohne jedoch sonderlich viel beizutragen. Bei den Nahost-Verhandlungen wie auch in Jugoslawien hat sich das Bild bestätigt, dass die Europäische Gemeinschaft nach wie vor wirtschaftlich ein Riese, aber politisch ein Zwerg geblieben ist. Und das zu dem Zeitpunkt, da die Tore zum gemeinsamen europäischen Markt geöffnet werden sollen, an dem im Rahmen der EWR-Verträge auch die EFTA und damit auch die Schweiz teilnehmen können. Die Bemühungen in der EG, die wirtschaftliche und politische Ebene in Einklang zu bringen, kommen nur millimeterweise voran. Der grosse Wurf, der in diesem Jahr gelingen sollte, ist noch nicht in Sicht. Wohl sind die Konturen einer Wirtschafts- und Währungsunion erkennbar, doch gehen bei der Bildung einer Politischen Union die Meinungen noch weit auseinander. Die Verknüpfung der beiden Konzepte sollte zur Europäischen Föderativen Union führen, doch gilt auch hier Eile mit Weile. Dass das Ziel nicht aufgegeben worden ist, muss jedoch als eine politische Realität angesehen werden.

Nach dem Ende des kalten Krieges

Anders als die EG ist ein anderer loser Staatenverband in Auflösung begriffen: die Blockfreien. Seit dem Ende des kalten Krieges ist seine Existenz sinnlos geworden. Irgendein Zusammenhalt ist nicht erkennbar. Von den führenden Mitgliedstaaten ist Jugoslawien dabei, sich selber zu liquidieren; Indien sucht Anlehnung an die

USA, Syrien hat diesen Schritt bereits vollzogen, und Indonesien blickt in zunehmendem Masse nach Ostasien. Wie die neutralen Staaten im europäischen Raum suchen auch die blockfreien Länder eine neue Orientierungskoordination.

Auch in Afrika hat die Beendigung des Ost-West-Konfliktes Veränderungen nach sich gezogen. Der Bürgerkrieg in Äthiopien ist mit der Niederlage des Moskau-hörigen Mengistu zu Ende gegangen. In Moçambique und Angola wird eine Rückkehr zur Normalität angestrebt, das Versiegen des Rubel-Flusses dämpfte die Kriegslust. Auch die Konfrontation der schwarzafrikanischen Länder gegenüber Südafrika ist im Abklingen begriffen, nachdem dieses Land unter Führung de Klerks die entscheidende Wende vollzogen hat und die Apartheid als Staatsideologie ad acta gelegt worden ist. Die Gespräche mit den Schwarzen sind in Gang gekommen, wobei der Afrikanische Nationalkongress ohne Rückendeckung Moskaus einen gemässigten Mittelkurs steuert. Die geregelte Übergabe der Macht an die schwarze Mehrheit wird jedoch noch lange dauern.

In Südamerika hat die Ablösung zahlreicher Militärdiktaturen durch demokratisch legitimierte Regimes kaum zur erhofften Normalität geführt, sondern Wirtschaftskrisen, ineffiziente Verwaltungen, Verstrickungen in die Drogenszene sowie fehlende soziale Solidarität haben weit herum den Hoffnungshorizont verdunkelt. Kuba, das letzte kommunistische Land in der westlichen Hemisphäre, geht seinen Sonderweg unverdrossen weiter. Eine Änderung ist wohl erst nach dem Abgang von Castro zu erwarten.

Bruchstellen

Auch das andere kommunistische Relikt, Rotchina, will den eingeschlagenen Weg unbeirrt weitergehen. Offenbar will es das in der Sowjetunion gescheiterte Experiment Wirtschaftsreformen ohne Lockerung des ideologischen Zwangskorsetts wiederholen. Es ist zweifelhaft, ob die chinesische Politik erfolgreicher sein wird als jene von Gorbatschew. Auf aussenpolitischem Felde sucht Peking dagegen Anschluss an die übrige Welt. Im Golfkrieg legten die Chinesen den USA keine Steine in den Weg, bei der Atomwaffenkontrolle wollen sie mitwirken, und bei der Beilegung des Kambodscha-Konfliktes waren sie weitgehend kooperativ. Diese zweigleisige Politik lässt alle Optionen offen.

Auch die wirtschaftliche Grossmacht Japan ist seit der Wende in Osteuropa geneigter, auf dem internationalen Parkett mitzuwirken. Tokio hat im Golfkrieg Partei ergriffen und einen beträchtlichen finanziellen Beitrag geleistet. Der Gesprächsfaden nach Moskau ist nicht abgerissen, und neuerdings will Japan ein Blauhelm-Kontingent auf die Beine stellen.

Auf weitere Bruchstellen in der internationalen Politsphäre kann in dieser Zusammenfassung nur schlagwortartig eingegangen werden. In Kanada regen sich nach wie vor zentrifugale Kräfte. Das berühmt-berüchtigte Schwedische Modell, das jahrzehntelang die Phantasie der europäischen Linken beschäftigt hat, ist sang- und klanglos verabschiedet worden. Berlin ist zur Hauptstadt Deutschlands erkoren worden, was Schwergewichtsverlagerungen in der künftigen deutschen Aussenpolitik zur Folge haben wird. Im Westen ist dieser Entscheid nicht mit Begeisterung aufgenommen worden. Zwischen West- und Osteuropa ist das wirtschaftliche Gefälle kaum abgebaut worden. In Nordafrika nimmt der Einfluss der Fundamentalisten zu; gleichzeitig sind in Innerasien neue islamische Staaten in Entstehung begriffen. Die Irak-Krise ist nach wie vor nicht behoben, das Kurdenproblem bleibt auf der Traktandenliste. Wohin man blickt – überall ein Aufbruch zu neuen Zielen mit unzähligen Unwägbarkeiten und Gefahrenmomenten. Die weitgehend berechenbare und im ganzen gesehen doch friedliche Zeit des kalten Krieges ist endgültig vorbei.

1992

Die jugoslawische Tragödie

Zwei Jahre nach Beendigung des kalten Krieges und der Niederreissung des eisernen Vorhangs zwischen Ost und West ist von der damaligen Euphorie wenig übriggeblieben. Wer erinnert sich noch daran, welch grosse Erwartung die Niederlage des Kommunismus geweckt hatte: die Hoffnung, dass unter einer neuen Weltordnung sich Freiheit, Demokratie und Wohlstand weiterentwickeln würden? Hatte nicht gar ein philosophischer Träumer unter dem Eindruck der epochalen Veränderungen von einem Ende der Geschichte fabuliert?

Enttäuschte Erwartungen

Diese verständliche Erwartungshaltung voll Zuversicht und Optimismus ist inzwischen einer verbreiteten Verunsicherung und starken Selbstzweifeln gewichen. Statt nach dem Abflauen des Ost-West-Konfliktes die Friedensdividende geniessen zu können, wurden die Völker – nicht nur in Europa -mit neuen Problemen und Herausforderungen konfrontiert. Dabei sind es nicht nur die grossen Zukunftsaufgaben wie Umwelt, Bevölkerungswachstum, Näherrücken unterschiedlicher Kulturen und Zivilisationen, der Ausgleich zwischen arm und reich, die alle Kräfte beanspruchen; auch die ungelösten Streitfragen der Vergangenheit, die nach dem Zweiten Weltkrieg unter den Teppich gewischt oder in der ideologischen Zwangsjacke unterdrückt worden waren, sind wieder virulent geworden. Die Mobilität und die neuzeitlichen Kommunikationsmittel bringen uns mit Menschen und Völkern in Kontakt, von deren Existenz wir bisher kaum etwas gewusst haben und die nun mit ihren Anliegen oder Forderungen an unsere Türen klopfen. Die Schweiz etwa sieht sich nach dem Beitritt zur Weltbank und dem Währungsfonds in eine Ländergruppe versetzt, zu der neben Polen auch Aserbeidschan, Kirgisien, Turkmenistan, Usbekistan und Tadschikistan gehören. Das sind Länder, mit denen unser Land kulturell, politisch, wirtschaftlich kaum etwas gemeinsam hat, deren Interessen es aber vertreten muss.

Erst jetzt wird deutlicher erkennbar, welche Kraftanstrengungen die Abwehr des Kommunismus im Westen während 40 Jahren erfordert hat, wie auch auf der anderen Seite erst jetzt die wahren Kosten der Missionierung des Marxismus-Leninismus rund um die Erde zutage treten. Die Völker sind ein wenig müde geworden. Die Fixpunkte, nach denen man Freunde und Feinde auswählen konnte, gelten nicht mehr. Die Menschen sind desorientiert und fühlen sich überfordert bei der Aufgabe, neue Beziehungen zu den Mitmenschen diesseits und jenseits der Grenzen aufzubauen, neue Formen des Zusammenlebens zu finden, ohne gleichzeitig alte oder archaische Feindbilder zu reaktivieren. Als Folge davon wird in verstärktem Masse in die Vergangenheit zurückgeschaut, um dort Antworten auf Fragen unserer Zeit zu finden. Fast unvermeidlich wird dadurch der Graben zwischen jenen, die in die Zukunft blicken und vorwärts drängen, und jenen, die Halt in der Vergangenheit suchen, immer tiefer.

Nicht nur die Auseinandersetzung in der Schweiz über den Beitritt zum Europäischen Wirtschaftsraum (EWR) ist von diesem Zwiespalt mitbestimmt, sondern wohin wir blicken, verstärkt dieses Auseinanderklaffen der Grundhaltung bestehende politische Konflikte. So spielte bei den amerikanischen Wahlen diese Thematik eine wichtige Rolle. Fremdenhass und das Wiederaufleben des Rechtsextremismus in Deutschland, aber auch in anderen Ländern, finden hier ihre Nahrung. Auch der Rückwärtskurs der Katholischen Kirche glaubt in dieser Einstellung eine Revitalisierung zu finden. Vor allem aber der Bürgerkrieg in Jugoslawien kann mit seiner unvorstellbaren Grausamkeit und Brutalität die zutage getretene Menschenverachtung, verbunden mit archaischem Zerstörungswillen, nur aus den Vorstellungen einer dunklen Vergangenheit ableiten. Irgendwelche Vorstellungen über das Zusammenleben der Menschen und Völker sind nicht erkennbar. Dabei wächst die Gefahr, dass diese neue Form des Völkermordes irgendwo auf der Welt Nachahmer findet.

Die Welt macht gegenwärtig keinen geordneten Eindruck. Die Angst vor der Zukunft und das Zögern, neue Wege einzuschlagen, werden durch die hartnäckigen Schwächezeichen im Wirtschaftsbereich verstärkt. Die Flaute hat weite Bereiche der Weltwirtschaft erfasst und ist nicht auf einzelne Regionen beschränkt geblieben. Auch von dieser Seite kommen also keine Impulse, die über politische Hürden hinweghelfen könnten. Das Sicherheitsdenken vor allem im Westen, das erworbene Besitzstände um jeden Preis wahren will, hat zum Teil (so etwa im Agrarsektor) groteske Züge angenommen, wo Bemühungen im Rahmen des GATT, Verzerrungen zu beseitigen, auf Widerstand stossen.

Veränderte Prioritäten in der US-Politik

Vor diesem Hintergrund darf nicht übersehen werden, dass die Amerikaner sich in letzter Zeit etwas von der grossen Politik zurückgezogen haben. Die Präsidentschaftswahlen, die mit einer Niederlage des in der Aussenpolitik so erfolgreichen George Bush endeten und zur Berufung von Bill Clinton in das Weisse Haus führten, haben diese Entwicklung nur bestätigt. Der Auftrag an den neuen Präsidenten lautet, Ordnung im eigenen Lande zu schaffen und die Frage anzugehen, wie es im Inneren weitergehen soll. Auch Amerika ist nach dem Zusammenbruch des bipolaren Weltsystems von tiefer Unsicherheit erfasst. Bewährtes zählt nicht mehr. Es ist auf sich selbst zurückgeworfen worden und sucht nach neuen Bestimmungen. Neue Männer mit neuen Ideen sind jetzt gefragt, und es ist bezeichnend, dass Clinton mit den Parolen Wandel und Neuanfang innerhalb eines Jahres den Durchbruch an die Spitze erreichen konnte. Sein Programm mit den Schwerpunkten Budgetausgleich, Arbeitsplätze, Schuldenbegrenzung, Gesundheitsfürsorge ist von den Wählern akzeptiert worden.

Dabei wäre eine Abkehr der westlichen Führungsmacht von den internationalen Geschäften verhängnisvoll. Die USA ist nach wie vor als Ordnungsmacht gefragt, sobald sich politische Konflikte ewig hinziehen oder Streitigkeiten auszuufern drohen. Eine strategische Überdehnung, wie sie die Sowjetunion beging, oder eine zu schwache wirtschaftliche Basis für eine Weltpolitik wären fatal. Präsident Clinton wird daran zu messen sein, wie er die Balance halten kann zwischen den notwendigen Aufwendungen für eine innere Erneuerung und dem Weiterführen der globalen Verpflichtungen.

Sand im europäischen Getriebe

Wer die Illusion hegte, Europa könnte die Lücke füllen, solange Amerika neue Kraft schöpft, der musste sie bald begraben. Zwar ist die Europäische Gemeinschaft noch immer (auf wirtschaftlichem Gebiet) ein grosser Faktor, und von ihr gehen starke Impulse aus. Am 1. Januar 1993 geht der Vorhang zum europäischen Binnenmarkt auf, und die Anziehungskraft auf zahlreiche Randstaaten besteht nach wie vor. Aber die Proben zum nächsten Akt, die Bildung einer Politischen Union, wurden durch laute Dissonanzen gestört. Der dänische Paukenschlag zum Vertrag von Maastricht störte die Harmonie erheblich, und seither geht es nur im Schneckentempo weiter.

Nun hat auch der Versuch, die Erweiterung der EG durch Einbezug der EFTA-Länder voranzutreiben, einen herben Rückschlag erlebt. Durch die Bildung eines Europäischen Wirtschaftsraumes sollten diese Länder am Binnenmarkt teilnehmen können, gleichzeitig wäre die Ausdehnung des EG-Bereichs vorbereitet worden. Die Schweizer Stimmbürger haben im Gegensatz zu ihrer Regierung und dem Parlament dazu »Nein« gesagt und damit den schwereren Weg gewählt. Das »Nein« beantwortet aber nicht die Frage, wie die entstehende Isolation als Staat überwunden werden kann, wie die aufgerissenen Gräben überbrückt werden und woher die Kräfte und Mittel kommen sollen, um die notwendigen inneren Reformen und die Modernisierung des Landes durchzuführen.

Denn eines ist sicher: Der Zug in Richtung Europa fährt weiter, auch wenn der Schwung verloren gegangen ist und einige Länder nur widerwillig den Kurs billigen. Die Suche nach Kompromissen geht weiter, um möglichst viele Wünsche zu berücksichtigen. Grössere Dezentralisierung, verbesserte Mitsprache, mehr Kontrolle von Brüssel, überhaupt ein besseres Gleichgewicht zwischen europäischer Einbindung und nationaler Eigenständigkeit sind gefordert. Eine Rückkehr in ein Europa der Nationalstaaten kann nicht der Weg sein, aber die bewährten Methoden des bedächtigen und pragmatischen Vorwärtsschreitens sollten in Erinnerung gerufen werden.

Tragödie auf dem Balkan

Die Zukunft Europas wird dabei nicht nur durch die Auseinandersetzung über die Ziele und Wege des Einigungsprozesses bestimmt, sondern in nicht geringerem Masse durch den Bürgerkrieg im ehemaligen Jugoslawien. Auf dem Balkan geht es schon längst nicht mehr um Konflikte zwischen Mehrheiten und Minderheiten beim Auseinanderbrechen eines Vielvölkerstaates, sondern um die Glaubwürdigkeit westlicher Grundwerte und Ideale. Es geht um die Frage, ob unsere Vorstellungen von Recht auf Leben, Menschenwürde, Solidarität, Selbstbestimmung noch Geltung haben oder Leerformeln geworden sind.

Was sich auf dem Balkan abspielt, also innerhalb der Grenzen Europas, übersteigt unsere Vorstellungskraft. Niemand hatte es für möglich gehalten, dass all die Greuel und ideologisch verbrämten Bestialitäten des Zweiten Weltkrieges wieder aufleben könnten. Weit über 100'000 Tote, Millionen von Flüchtlingen sind nur eine Zwischenbilanz der Tragödie. Was dort an Leid und Not zu registrieren ist, kann kaum ermessen werden.

Wichtigste Triebkraft dieses Rückfalles in die Barbarei ist der serbische Grossmachtanspruch. Wo Serben (auch als kleine Minderheit) wohnen, wo Serben je gelebt haben, da ist serbisches Territorium und das muss in einem Nationalstaat vereint werden. Alles Andersartige hat zu weichen oder wird vernichtet. Die Folge davon ist ein Eroberungskrieg mit Vertreibungen, »ethnischen Säuberungen«, Völkermord. Inzwischen haben die Serben ihre Kriegsziele weitgehend erreicht und sind dabei, das besetzte Territorium abzurunden.

Das Erschreckende ist, dass niemand diesem Rückfall in mittelalterliche oder archaische Gewalttätigkeit Einhalt gebieten will. Risikoscheu und fehlender Wille zum Handeln beschränken jede Einwirkung auf Symptombekämpfung und humanitäre Hilfe. Die Balkantragödie hat auf erschreckende Weise die westeuropäische Unfähigkeit enthüllt, als Ordnungsmacht aufzutreten. Dass nach den Erfahrungen des Zweiten Weltkrieges ein Eroberungskrieg und der Völkermord in Bosnien hingenommen werden, trifft die Glaubwürdigkeit der bisherigen Europapolitik als Ganzes. Offenbar wird nicht mit den Folgen gerechnet, etwa wenn die Millionen von Vertriebenen sich in Richtung Mitteleuropa in Bewegung setzen sollten. Begreifliche Reaktionen in der Bevölkerung der westeuropäischen Länder wird die Debatte über Aufnahme oder brutale Ausgrenzung der Flüchtlinge verschärfen und zu innenpolitischen Spannungen führen. Wachsende Emotionen in der muslimischen Welt, Nachahmung der »ethnischen Säuberungen« in anderen Teilen der Welt, etwa auf dem Gebiet der ehemaligen Sowjetunion, sind ebenfalls mögliche Konsequenzen einer konzeptlosen europäischen Ostpolitik. Die Frage bleibt, ob eine militärische Intervention zum richtigen Zeitpunkt und mit klaren Zielen nicht eine angemessenere Verteidigung der Menschenrechte gewesen wäre.

Es ist nicht verwunderlich, dass in den islamischen Ländern offen eine Intervention der Uno zum Schutze der Glaubensbrüder in Bosnien gefordert wird. Die Türkei beansprucht – ohne allerdings die Machtmittel dazu zu besitzen –, Schutzmacht aller Muslime in Europa zu sein. Darüber hinaus will sie nach dem Zerfall der Sowjetunion auch Wortführerin aller Turkvölker in Innerasien werden. Der Konkurrent in dieser Gegend ist der Iran. Die grösste Hypothek für eine solche Grossmachtpolitik ist jedoch das Kurdenproblem. Dieses von der Geschichte so schwer benachteiligte Bergvolk lebt im Länderdreieck Türkei, Iran, Irak. Alle Bemühungen um Autonomie oder Unabhängigkeit stossen auf Widerstand dieser drei Länder, die bei ihren Rivalitäten die Kurden als Bauernfiguren auf dem Schachbrett der Machtpolitik hin- und herschieben und zu opfern bereit sind.

Hinter der Tragödie auf dem Balkan und diesen Machtkämpfen ist der Mittelostkonflikt etwas in den Hintergrund getreten. Von einer Lösung ist er so weit wie je entfernt. Allerdings hat sich die Situation nach dem Regierungswechsel in Israel, der die Sozialisten an die Macht gebracht hat, etwas entspannt. Als erstes hat Ministerpräsident Peres die Beziehungen zur Schutzmacht Amerika zu normalisieren gesucht. Die Mittelostverhandlungen gehen weiter, und der Ton am Konferenztisch ist konziliant. Doch wird sich kaum etwas bewegen, bis nicht der neue US-Präsident Clinton zu erkennen gibt, wie der Prozess weitergehen soll.

Die Entwicklung wird insofern kompliziert, als sich die islamischen Fundamentalisten nicht nur auf dem vorderasiatischen Schauplatz, sondern auch in Ägypten und Algerien auf dem Vormarsch befinden. In Algerien ist die legale Machtübernahme durch Islamisten nur durch das Eingreifen des Militärs verhindert worden. Nicht nur wurde dadurch der Demokratisierungsprozess (und die Annäherung an die EG) unterbrochen, sondern auch die Unfähigkeit des bisherigen Regimes blossgestellt.

Katzenjammer im vereinten Deutschland

Katzenjammer begegnen wir auch im wiedervereinigten Deutschland. Immer weniger zeigt sich diese »ungewollte Vormacht Europas« in der Lage oder willens, die Verpflichtungen zu übernehmen, die ihr aus der neuen Rolle in der Welt erwachsen. Deutschland bekundet einige Mühe, die wirtschaftliche und politische Balance nicht zu verlieren. Noch vor einem Jahr ein kraftstrotzender »Partner in leadership« der USA, dessen potentieller Machtzuwachs bei den Nachbarn Besorgnis weckte, hat sich heute über dieses gleiche Land Desillusion und Staatsverdrossenheit ausgebreitet. Dabei sind die Motive dafür in West und Ost verschiedener Art. Die Bevölkerung in der Ex-DDR ist enttäuscht darüber, dass die Angleichung der Lebensverhältnisse an den Westen nicht rascher vonstatten geht und dass die Umstellung auf Marktwirtschaft zu einer Verschrottung der Industrie und Massenarbeitslosigkeit geführt hat. In den westlichen Bundesländern dagegen hat man sich zu lange der Illusion hingegeben, die Wiedervereinigung sei ohne eigene Opfer erreichbar, das bisherige Leben könne einfach weitergeführt werden. Der grundlose Optimismus der Regierung Kohl, die das Ausmass der Aufgabe falsch eingeschätzt hat, verstärkte diese Haltung.

Der Milliardentransfer belastet die Westdeutschen immer spürbarer. Dazu kommen die Auswirkungen der wirtschaftlichen Stagnation und der Asylantenströme aus dem Süden und Osten, die Missmut hervorrufen und den Nährboden liefern für das Wiederauftauchen des Rechtsextremismus, der vor allem bei desillusionierten Jugendlichen Anklang findet. Ein Zusammenrücken der beiden grossen Parteien lässt die Hoffnung zu, dass die Zeit des Abwartens und Gesundbetens vorüber ist.

Dabei sind die Probleme in den europäischen Nachbarländern nicht weniger drückend. In England erfolgt der Übergang in die Zeit nach Margret Thatcher, trotz des eindrücklichen Wahlerfolgs ihres Nachfolgers John Major, nur sehr mühsam, da es nicht gelungen ist, neue eindeutige Ziele für das Land zu setzen. In Frankreich geht die Ära Mitterrand und damit auch die sozialistische Vorherrschaft zu Ende, aber auch hier ist keine klare Alternative erkennbar. In Italien wiederum kommt die Staatsreform mit der Aufbrechung der verkrusteten politischen Strukturen, ohne die eine wirksame Bekämpfung der Mafia kaum möglich ist, nur sehr langsam voran.

Nach dem Zerfall der UdSSR

Der Zerfall der Sowjetunion schliesslich wirft Probleme auf, deren künftige Entwicklung immer weniger voraussehbar ist. Zwar ist es Präsident Jelzin gelungen, den weiteren Zerfall Russlands aufzuhalten. Russland bleibt Grossmacht, obwohl die neuen Landesgrenzen ungefähr jene Gebiete umfassen, die Zar Alexej zu Beginn des 17. Jahrhunderts, also vor der Zeit Peter des Grossen vorgefunden hatte. Ob und wie lange die Russen sich damit abfinden werden, muss die Zukunft zeigen. Ein Teil der Opposition gegen Präsident Jelzin findet hier ihre Wurzeln, obwohl das Hauptziel der Gegner die Staats- und Wirtschaftsreformen und der Übergang zur Marktwirtschaft sind. Hier sind die Reformer schwer unter Druck, solange der Lebensstandard in Russland immer weiter sinkt.

Inzwischen ist versucht worden, die übrigen ehemaligen Sowjetrepubliken rund um Kernrussland durch Aufnahme in die KSZE und in den »Nordatlantischen Kooperationsrat« (Nato) in einer sehr lockeren Form an den Westen zu binden, was den Ausbruch von Bürger- und Grenzkriegen nicht verhindern konnte. Gleichzeitig ringen die Länder im westlichen Vorfeld Russlands um politische, wirtschaftliche und gesellschaftliche Stabilität. In Polen, in der CSFR, die in ihre Bestandteile Böhmen-Mähren und Slowakei zerfallen ist, aber auch in Ungarn und den baltischen Staaten erweisen sich die Bemühungen um Wiedererweckung westlicher Traditionen angesichts der wirtschaftlichen Misere als mühsam und gefahrvoll. Das Ausbleiben einer wirtschaftlichen Erholung bedroht das schwache Pflänzlein Demokratie, und immer lauter wird der Ruf zur Rückkehr zu autoritären und planwirtschaftlichen Mitteln. Auch hier wird in der Anlehnung an die EG der rettende Strohhalm gesehen.

Neben diesen Krisenherden im Bannkreis Europas drohen andere Schnittpunkte der Politik aus dem Fokus zu fallen. Das kommunistische Rotchina (der KSZE-Bereich grenzt heute an dieses ostasiatische Land) sucht weiterhin nach der Quadratur des Zirkels, d. h. die Wirtschaftsstruktur zu reformieren, ohne die politische Ordnung anzutasten. Durch die Normalisierung der Beziehungen zu Japan und Nordkorea tastet sich Peking auf dem aussenpolitischen Parkett Schritt für Schritt weiter, während der Spielraum Taiwans, das sich wirtschaftlich gut behaupten kann, immer kleiner wird. Mit dem Abtreten George Bushs, einem Freund Chinas, werden auch die amerikanisch-chinesischen Beziehungen sicher einer Neuüberprüfung unterzogen werden.

Während in Südamerika die meisten Länder hauptsächlich um ihr wirtschaftliches Gleichgewicht ringen, droht Brasilien eine eigentliche Staatskrise, nachdem die Amtsenthebung des Präsidenten Collor de Mello wegen Korruption eingeleitet worden ist. Die Frage bleibt, ob es sich bei diesem Vorgehen gegen den Präsidenten um eine Symptombekämpfung oder um einen Reinigungsprozess handelt, der eine Gesundung des brasilianischen Staatswesens an Haupt und Gliedern zum Ziel hat. Eine durchgreifende Reform würde sich auch auf andere Länder auswirken, auf Kolumbien, wo sich die Regierung unfähig erweist, mit der Drogenmafia fertig zu werden, auf Venezuela, wo die Armee immer schwerer unter Kontrolle gehalten werden kann, auf Peru, wo es völlig offen ist, ob der Krieg gegen die Terrororganisation »Leuchtender Pfad« nach der Festnahme ihres Führers bereits gewonnen ist oder nicht.

In Südafrika hat zwar Präsident de Klerk in einer Volksabstimmung das deutliche Mandat der weissen Bevölkerung erhalten, die Apartheid abzuschaffen, aber im Sommer ist die Reformpolitik ins Stocken geraten, und die Initiative ist an den Afrikanischen Nationalkongress übergegangen. Erst ein blutiger Zwischenfall im Homeland Ciskei hat beide Seiten wieder an den Verhandlungstisch gebracht. Die Forderung der Schwarzen nach Aufstellung eines genauen Zeitplans für die Machtablösung ist noch nicht erfüllt. Während Namibia offenbar eine grössere Stabilität erreicht hat, kann das von Angola und Moçambique nicht gesagt werden.

Eine humanitäre Militärintervention

Ein neuer Krisenherd hat sich dagegen in Somalia aufgetan, wo nach dem Abtreten des bisherigen Regimes Anarchie und Hungersnot regieren. Da alle Versuche, der Bevölkerung wenigstens humanitäre Hilfe zukommen zu lassen als Voraussetzung zum Überleben, gescheitert sind, ist eine internationale Streitmacht unter Uno-Flagge und amerikanischem Kommando beauftragt worden, wenigstens die internationalen Hilfsbemühungen zu schützen. Es handelt sich erstmals um eine humanitäre Militärintervention, womit das bisher geheiligte Prinzip der Nichteinmischung in »innere Angelegenheiten« eines Staates hintangestellt wird. Die Aktion ist zeitlich begrenzt, und man erhofft sich Abschreckwirkung für andere Regionen, wo die Menschenrechte grob verletzt werden, wie in Bosnien, im Sudan und auf Haiti.

1993

Das Ende der Apartheid

Das wahre Ausmass des weltpolitischen Umbruchs in den Jahren 1989/90 und dessen Auswirkungen werden erst nach und nach deutlicher erkennbar. Der Kollaps des kommunistischen Machtsystems, die Auflösung der Sowjetunion, aber auch die Vereinigung Deutschlands und das Verschwinden des eisernen Vorhangs setzen einen Schlusspunkt hinter die Nachkriegszeit und sind gleichzeitig Auslöser für unerwartete Veränderungen und das Wiederauftauchen von Problemen, die längst als gelöst oder sekundär galten. Das Verschwinden der bipolaren Weltordnung, wie der Ost-West-Konflikt auch gewertet werden kann, ist mit Erleichterung begrüsst worden, ohne dass die Völker auf neue Herausforderungen vorbereitet worden wären, und darauf, dass neue Fragen auch neue Antworten verlangen. Die Hoffnung auf eine neue Weltordnung und ein von Demokratie, Humanität und Marktwirtschaft bestimmtes Zusammenleben war sehr kurz. Nicht nur die neuen oder die sich wieder auf der Weltbühne zurückmeldenden Völker und Sprachgemeinschaften erheben ihre Ansprüche. Auch die bisherigen Protagonisten der grossen Politik sind verunsichert und müssen sich in der veränderten Welt zurechtfinden, bevor von einer neuen Ordnung gesprochen werden kann.

Nicht nur in der Schweiz spricht man von einer Identitätskrise, wird um ein neues Selbstverständnis gerungen und ein angemessener Platz in der Völkergemeinschaft gesucht. Den Deutschen, Italienern, Skandinaviern, von den Osteuropäern ganz zu schweigen, geht es nicht anders. Ja, selbst die Amerikaner geben sich vermehrt Selbstreflexionen hin und suchen einen gesicherteren Standort, um den an sie gestellten Erwartungen und Anforderungen gerecht zu werden.

Überengagement der USA

Dabei hat sich ein überraschender Befund ergeben, dass die Vereinigten Staaten Gefahr laufen, sich in einem globalen Überengagement zu verlieren. Das Ausscheiden der sowjetischen Konkurrenzmacht hat die USA als einzige Supermacht übriggelassen. Fast automatisch ist ihnen noch mehr als zuvor die Rolle des Vorreiters wie auch des Friedensstifters zugefallen. Doch diese weltweite Aufgabe übersteigt sogar die Kräfte Amerikas. Wenn ein Konflikt auf der Welt ausbricht, wird sofort nach amerikanischer Vermittlung oder gar nach Intervention gerufen. Dabei nimmt die Zahl der Konflikte deutlich zu. Nach 1945 wurden lokale Krisen aus Angst unterdrückt, sie könnten sich zum Ost-West-Atomkrieg ausweiten. Die beiden Weltmächte waren stark genug, um in ihren »Interessensgebieten« Krisen bereits im Anfangsstadium unter Kontrolle zu bringen. Seit 1989 fehlt dieser disziplinierende Zwang. Die Auflösung der alten politischen und militärischen Strukturen hat die Hemmungen vor einer Gewaltanwendung gesenkt, so dass ethnische, nationale, soziale Gegensätze jetzt offen hervorbrechen. Angesichts dieser Entwicklung ist eine aktive universale Präsenz der USA nicht mehr machbar und zwingt zur Redimensionierung. Hier liegt wohl einer der Gründe für die so zögernde und wenig inspirierende Haltung der Administration Clinton, welcher Führungsschwäche und Orientierungsverlust vorgeworfen wird. Somalia und Bosnien sind nur zwei Beispiele. Clinton ist ja mit dem Versprechen angetreten, mehr Ausgewogenheit zwischen den Anforderungen der Innen- und Aussenpolitik zu erreichen. Ein Zurückstecken der Verpflichtungen Amerikas in der Welt ist die Folge dieser Politik. Nur ist es dem amerikanischen Präsidenten bisher kaum gelungen, darzulegen, was er wirklich will.

Auch von der Uno ist zuviel erwartet worden. Der Zusammenbruch des sowjetischen Machtsystems und das Ende des bipolaren Gleichgewichts brachte eine Aufwertung der Vereinigten Nationen mit sich. Es schien, als ob die Uno die ihr bei der Gründung zugedachte Rolle des obersten Schiedsrichters endlich übernehmen und gleichzeitig das Gegengewicht zur einzig übriggebliebenen Supermacht bilden könnte. Doch die Weltorganisation in New York war mit dieser Doppelaufgabe überfordert. Die zahlreichen Begehren, bei regionalen oder lokalen Konflikten einzugreifen, überstiegen ihre Möglichkeiten. Dem Ruf nach Blauhelmen an allen Ecken und Enden der Erde kann kaum nachgekommen werden, vor allem wenn die Notwendigkeit eines Eingreifens wieder enger an der Frage gemessen werden muss, ob die internationale Sicherheit wirklich bedroht sei.

Europas Schwäche

Schliesslich hat auch die Europäische Union, wie die EG nun firmiert, ihre Aufgabe als Stabilisierungsfaktor und Zugpferd in Europa nur teilweise erfüllt. Zwar denkt keines der zwölf Mitglieder daran, die Gemeinschaft zu verlassen, und die gestellten Beitrittsgesuche bestehen noch. Zu sehr überwiegen die Vorteile einer Mitgliedschaft die Nachteile des Fernbleibens. Auch für die osteuropäischen Länder übt die EU unverändert ihre Anziehungskraft aus. Aber die 1990 gesetzten visionären Ziele sind in grössere Ferne gerückt. Zwar ist der Vertrag von Maastricht von allen Mitgliedstaaten ratifiziert worden und der gemeinsame Markt damit Wirklichkeit geworden, doch um dieses Zwischenziel zu erreichen, musste viel Wasser in den Wein gegossen werden. Auch das Europäische Währungssystem ist vorderhand auf Eis gelegt worden.

Vor allem hat sich die Fähigkeit, auf der politischen Ebene aktiv zu werden und (etwa in Ex-Jugoslawien) den Frieden zu erzwingen, als recht begrenzt erwiesen. Der Anspruch, als politische Union einen Machtfaktor darzustellen, hat sich als hohl erwiesen. Die divergierenden nationalen Interessen sind wieder stärker hervorgetreten, seitdem der äussere Druck mit dem Ende des Ost-West-Konfliktes weggefallen ist. Hinter den Auseinandersetzungen über die Zukunft der EU verbirgt sich die zentrale Frage: Erweiterung der Union vor allem nach Osteuropa oder Konsolidierung und Vertiefung der bestehenden inneren Kohärenz? Es ist die alte Problematik: Europa der Vaterländer oder Stärkung eines Kerneuropas um Deutschland und Frankreich. Die Vision von einer Vielfalt in der Einheit verschwindet immer wieder hinter Tagesfragen.

Rezession und Arbeitslosigkeit

Die Suche nach Neuorientierung, so wie sie die grossen und kleinen Nationen beschäftigt, wird erschwert durch die weltweite Rezession und die Arbeitslosigkeit in den Industrieländern. Im Wirtschaftsleben, auf dem Arbeitsmarkt, aber auch im sozialen Bereich ist Redimensionierung kein Fremdwort mehr, um so mehr als das bewährte Rezept, durch Wachstum soziale und gesellschaftliche Probleme aufzufangen, an Wirksamkeit verloren hat – ob vorübergehend oder auf Dauer' ist noch nicht abzuschätzen. Dabei ist nicht zu übersehen, dass bei den Bemühungen um Neugestaltung des wirtschaftlichen, sozialen und politischen Lebens die retardierenden Kräfte eher stärker sind als die entwicklungsorientierten. Im Wirtschaftsbereich wird dies spürbar im langwierigen Tauziehen um den Abschluss eines Gatt-Abkommens, dessen definitiver Erfolg oder Misserfolg bei der Verfassung dieses Artikels noch in der Schwebe war. Auf der politischen Bühne gehören in dieses Kapitel Fremdenfeindlichkeit, Rassismus und das Wiederaufleben des Rechtsextremismus. Dies sind keine lokalen Erscheinungen, sie können überall auftreten. Als potentielle Gefahr für Demokratie und Rechtsstaat dürfen sie nicht mehr ignoriert werden.

Das schwierigere wirtschaftliche Umfeld hat sicher dazu beigetragen, dass in Osteuropa die Umstellung auf die freie Marktwirtschaft schleppend vorangeht und damit die ökonomische Normalisierung verzögert. In Polen sind beispielsweise die Exkommunisten wieder ans Ruder gelangt. Das ist noch nicht zwangsläufig eine Rückkehr zum Kollektivismus. Aber der Auftrag an die neu-alten Machthaber lautet, den Reformprozess zu bremsen, harte Massnahmen zu vermeiden und den Aufschwung durch eine »weiche Tour« herbeizuführen. Erfahrungen aus anderen Weltgegenden werden ignoriert. Allerdings geht auch in anderen osteuropäischen Ländern die Metamorphose in die neue Zeit langsamer voran als erhofft, oder verläuft unnötig kompliziert, wie etwa in der ehemaligen Tschechoslowakei, wo die Teilstaaten getrennte Wege beschreiten. Es sind die Slowaken, die eine verlorengegangene Pokerpartie nun zu bezahlen haben.

Frankreich hat sich für einen härteren Weg entschieden. Die politische »Cohabitation« erfährt eine Neuauflage. Allerdings lässt auch hier der Aufschwung auf sich warten. Der Wechsel in Paris ist weniger Folge des Rechts-Links-Antagonismus, als des Wunsches der Franzosen, neue Gesichter zu sehen, sich von neuen Männern oder Frauen vertreten zu lassen. Eine Erscheinung, die auch anderswo zu beobachten ist. In

Kanada etwa, wo die alt-ehrwürdige konservative Partei samt ihrer Premierministerin hinweggefegt und praktisch eliminiert wurde. Nun müssen sich die Liberalen mit den zentrifugalen Kräften in Quebec und an der Westküste auseinandersetzen.

Zu nennen sind hier auch Italien und Japan, wo die Bevölkerung genug hat von einem abgewirtschafteten Parteiensystem und von Politikern, die das Gemeinwohl nicht mehr über ihr eigenes zu stellen wussten. In Rom sind die bisherigen Parteien und ihre Führer in die Wüste geschickt worden. Bisher ist es noch nicht gelungen, eine neue politische Mitte zu formieren, so dass die Wähler beginnen nach rechts und links abzuwandern, zu den Neofaschisten und zu den Neokommunisten. In Japan wiederum hat der Wunsch der Wähler nach einem Wechsel die Liberaldemokraten, die das Land während über 30 Jahren dominierten und in eine wirtschaftliche Grossmacht verwandelten, in die Opposition verwiesen. Eine grundlegende Veränderung des bürokratisch-politischen Systems ist kaum zu erwarten, doch soll nun ein frischer Wind verkrustete Strukturen aufbrechen und unheilvolle Beziehungsnetze zerreissen.

Verunsicherung in Deutschland

Wohl am ausgeprägtesten ist die nach dem Umbruch von 1989 eingetretene Verunsicherung in Deutschland und in anderer Form in Russland zutage getreten. Die durch die DDR-Länder vergrösserte Bundesrepublik tut sich schwer, ihren Platz im Herzen Europas zu finden. Das Zusammenwachsen der beiden Teilstaaten erweist sich als viel mühseliger und kostspieliger als angenommen. Vor dem Hintergrund einer Rezession sind Zweifel an der Leistungsfähigkeit der deutschen Wirtschaft aufgekommen. Verzagtheit und Verdruss greifen um sich. Das wirkt sich auch auf das nationale Selbstverständnis aus, vor allem dort, wo der Unterschied zwischen Nationalbewusstsein und Nationalismus nicht scharf genug getroffen wird.

Während auf der einen Seite von Deutschland ein solidarisches Verhalten in Europa gefordert und die Übernahme von grösserer Mitverantwortung erwartet wird, stossen schon Ansätze einer aktiveren Aussenpolitik auf Abwehrreaktionen der Nachbarn. Gerade weil die multinationalen Organisationen – Nato, KSZE, WEU – in welche die Bundesrepublik während 40 Jahren eingebunden war, den veränderten Verhältnissen noch nicht angepasst sind, wächst der latente Argwohn gegen die grosse Zentralmacht. Das führt wiederum zu nationalistischen Reaktionen im Inneren, wie die Auseinandersetzung um die Kandidatur Heitmann für das Präsidentenamt zeigte. Doch der Wunsch der europäischen Länder nach einer Berechenbarkeit der deutschen Politik bleibt legitim.

Russland wohin?

Auch Russland, territorial noch immer das grösste Land, sucht seinen Platz in der Welt. Im Inneren geht es darum, eine neue Staatsstruktur zu finden, Relikte aus kommunistischer Zeit zu eliminieren und schliesslich die Bevölkerung für den Neubeginn zu aktivieren. Und das alles bei einer rasanten Talfahrt der Wirtschaft. Nach aussen hin muss ein neues Verhältnis zu den Nachbarn gefunden werden, von denen viele bis vor kurzem noch Untertanenländer waren, genau wie auch die Beziehungen zur freien Welt ausserhalb der früheren UdSSR ausgebaut werden müssen. Eine fast übermenschliche Aufgabe, der sich der russische Präsident Jelzin und seine Anhänger gegenüber sehen. Jelzin hat sich dabei bei aller Sprunghaftigkeit als ein Meister der Taktik mit viel Stehvermögen gezeigt. Das Referendum im Frühjahr konnte er unter dem Motto, alles sei besser als eine Rückkehr zu sowjetisch-kommunistischen Verhältnissen, zu seinen Gunsten entscheiden. Im Sommer unterdrückte er den verzweifelten Putschversuch von Altkommunisten und Rechtsnationalisten. Auch die Abstimmung über die neue Verfassung hat er vor wenigen Tagen gewonnen; die gleichzeitigen Parlamentswahlen haben indes ein Ergebnis gebracht, das anhaltende Schwierigkeiten in der Regierungsarbeit vorprogrammiert.

Nach altrussischer Weise müsste der Reformprozess von oben herab vorangetrieben werden. So stellt die neue Verfassung die Weichen eher in Richtung Autokratie als hin zu einer Demokratie westlichen Zuschnitts. Russland besitzt so gut wie keine demokratische Tradition, auf der aufgebaut werden könnte. Das erklärt auch die erstaunliche Apathie, mit der die Bevölkerung auf die Entwicklungen in Moskau reagiert. Die Aussenpolitik wird eher durch eine verschleierte innere Schwäche bestimmt als durch eine offene Bereitschaft zur Zusammenarbeit. Allerdings genügt das noch vorhandene Machtpotential, um im Kaukasus oder in den neuen innerasiatischen Ländern bei nationalistischen Auseinandersetzungen mitzumischen. Doch ist Russland noch weit davon entfernt, überall als Ordnungsmacht auftreten zu können.

Wohin die Fahrt gehen kann, falls in Russland nicht eine wirtschaftliche und soziale Konsolidierung erreicht wird, zeigt der Bürgerkrieg in Ex-Jugoslawien. Der Krieg findet gegenwärtig hauptsächlich in Bosnien statt, seit die anderen Nachfolgestaaten nach den diversen Eroberungsfeldzügen eine prekäre Waffenruhe eingegangen sind, die aber jederzeit gebrochen werden kann. Der Krieg in Bosnien, anfangs ein Kampf aller gegen alle, ist immer deutlicher zu einem Überlebenskampf der Muslime geworden, gegen die ein erbarmungsloser Vernichtungskampf geführt wird. Die Aussenwelt sieht dem Morden hilflos zu, ohne Wege zu finden, Einhalt zu gebieten. Die in Westeuropa erprobte Methode der permanenten Verhandlung ist wirkungslos, solange keine Seite Kompromissbereitschaft zeigt. Nicht einmal ausreichende humanitäre Überlebenshilfe kann geleistet werden. Die Irrationalität des kriegerischen Handelns entzieht sich jedem modernen Kalkül. Die Wurzeln müssen in mythisch-religiösen Vorstellungen, die die Form eines archaischen Nationalismus angenommen haben, gesucht werden. Vorderhand ist nur ein grausames Ende durch Erschöpfung vorstellbar. Wie danach ein Wiederaufbau möglich sein könnte, daran denkt zur Zeit niemand.

Aufhellung im Mittleren Osten und in Südafrika

Verglichen mit Jugoslawien erscheint im Mittleren Osten der Horizont viel heller. Israeli und Palästinenser reden miteinander und haben bereits ein erstes Abkommen abgeschlossen, das palästinensische Selbstverwaltung für bestimmte Gebiete vorsieht. Es ist ein erster Versuch, den politischen Tauschhandel »Frieden gegen Land« in die Tat umzusetzen. Auch hier war es die veränderte Grosswetterlage, welche Bewegung in verhärtete Positionen gebracht hat. Die arabische Seite kann nicht mehr auf Unterstützung aus Moskau hoffen und sucht daher Anlehnung an die USA. Auf der anderen Seite hat sich die strategische Bedeutung Israels als Bollwerk gegen den Sowjetimperialismus im Mittleren Osten verringert.

Washington hat nun die Option, sich seine Partner in dieser Weltregion auszulesen, was die Gesprächsbereitschaft der beteiligten Mächte erhöhte. Doch von einem wahren Frieden zu sprechen, wäre mehr als verfrüht. Beide Seiten müssen nun die Hardliner im eigenen Lager zügeln, wobei vor allem arabische Extremisten die Terrorwaffe rücksichtslos anwenden. Standfestigkeit und Überzeugungskraft sind gegenwärtig gefragt, wobei gezielte westliche Wirtschaftshilfe zum Ausgleich der Gegensätze beitragen könnte. Standfestigkeit, Geduld und guter Wille sind auch in

Südafrika notwendig, damit Schwarze und Weisse weiterhin bereit sind, auf demokratischer Basis zusammenzuarbeiten, was in nicht sehr weiter Zukunft zur Übergabe der Macht an die schwarze Mehrheit führen wird. Auch hier werden die gesprächsbereiten Wortführer von weissen und schwarzen Extremisten bedrängt, wobei Stammesunterschiede den Einigungsprozess behindern. Die Bildung einer Föderation mit eigenen Regionen ist in Afrika ohne Vorbild und bringt weitere Risiken mit sich. Der Terminplan ist sehr gedrängt und lässt kaum Atempausen zu.

Am anderen Ende der Erde geht China einen ganz anderen Weg. Ein beeindruckender wirtschaftlicher Aufschwung, allerdings von einem sehr niedrigen Niveau ausgehend, soll das Land noch vor der Jahrtausendwende in das 20. Jahrhundert katapultieren, ohne jedoch eine gleichzeitige Öffnung im Inneren vorzusehen, also ohne eine Vermenschlichung des politischen Systems. In welche Richtung sich dieses kommunistische Relikt weiterentwickeln wird, bleibt unbestimmt. Jeder Druck von aussen auf diesen Koloss in Ostasien hat sich als weitgehend wirkungslos erwiesen. So ist denn auch keine Opposition laut geworden, als Rotchina zum pazifischen Gipfel in Seattle eingeladen wurde. Die angekündigte Intensivierung der Zusammenarbeit aller Länder rund um den Stillen Ozean bleibt vorderhand eine Absichtserklärung. Doch die Ungewissheit über die Entwicklungen in der westlichen Hemisphäre wird die Verlagerung des weltpolitischen Schwerpunkts in den pazifischen Raum eher beschleunigen.

1994

Enttäuschung in Osteuropa

Ein aufmerksamer Beobachter der amerikanischen Szene gelangte in einer Analyse der politischen Situation zu der Feststellung, dass gegenwärtig in den USA eine merkwürdig missmutige und verunsicherte Stimmung herrsche. Diese Aussage reflektierte nicht die Kongresswahlen im November, sondern bezog sich allgemein auf den Zustand der amerikanischen Gesellschaft. Dazu kann man nur beifügen, dass vergleichbare Erscheinungen in einer Reihe anderer Länder rund um den Erdball zu beobachten sind, die Schweiz eingeschlossen. Selbstzweifel oder Unsicherheit über die nationale Identität, Klagen über den Zerfall traditioneller Werte, die Neigung am Bestehenden festzuhalten oder Angst vor Reformen finden wir weit herum.

Selbstzweifel und Verunsicherung

Gleichzeitig ist ein verbreitetes Misstrauen gegen die Classe politique zu beobachten, der man die Fähigkeit nicht mehr zutraut, mit den Problemen unserer Zeit fertig zu werden (Überbevölkerung, Migrationsbewegungen, Hunger und Armut, Umwelt, Arbeitslosigkeit). So ist in Italien das politische System hinweggefegt worden, dessen Repräsentanten während 40 Jahren die Macht unter sich aufgeteilt hatten. Was danach kam, ist allerdings ebenfalls wenig überzeugend. In Japan ist etwas Ähnliches versucht worden, doch blieb der Vorstoss der Opposition auf halbem Weg stecken. In den USA, wo vor zwei Jahren ein bewährter Präsident nicht wiedergewählt wurde, haben die Wähler im Parlament ein grosses Reinemachen veranstaltet und die Mehrheitsverhältnisse auf den Kopf gestellt. Ob das Vertrauen in die Politiker wieder hergestellt worden ist, muss abgewartet werden.

In Osteuropa hat die Unzufriedenheit in anderer Form ihren Ausdruck gefunden. In Polen, Ungarn und in Litauen sind Reformpolitik er abgewählt worden; die Stimmbürger suchten Zuflucht bei ehemaligen Kommunisten, die sich den Mantel der Honorität umgelegt haben. Nicht dass die überwiegende Mehrheit der Menschen in Ostmitteleuropa eine Rückkehr der kommunistischen Herrschaft herbeiwünschte, doch sie sind offenbar nicht bereit, die Opfer für eine notwendige Reform von Staat und Wirtschaft zu bringen. Sie geben sich der Hoffnung hin, bei den Exkommunisten grösseres Verständnis für ihre Sorgen zu finden und sehnen sich nach einer weichen, schmerzlosen Methode, den Anschluss an den Westen zu finden. Dass das Wiederaufleben des alten Traums von einer sozialen Wohlfahrts- und Konsumgesellschaft nicht nur in Osteuropa verbreitet ist, zeigt das Verhalten der Schweden, die am Modell des Volksheims festhalten wollen, obwohl es sich längst als unrealisier- und unbezahlbar erwiesen hat.

Wo die Grenze zwischen Traum und Realität verläuft, ist eher in Deutschland zu erkennen. Das Hineinpumpen von Milliarden und Milliarden in die östlichen Bundesländer konnte nicht verhindern, dass sich auch dort Missstimmung ausbreitete und viele das Heil bei den Exkommunisten suchen. Doch der Wunsch nach einem Wechsel blieb im Rahmen einer demokratischen Ausmarchung, wobei die Mehrheit dem bisherigen Bundeskanzler ihr Vertrauen aussprach. Deutsche Politik wird wohl künftig im Rahmen einer unausgesprochenen »Cohabitation« erfolgen, wenn man die Mehrheitsverhältnisse in der Länderkammer einbezieht. Auch in Spanien haben die Wähler trotz wachsender Unzufriedenheit dem Amtsinhaber, dem Sozialisten Gonzales, eine weitere Chance gegeben.

Unerfüllte Hoffnungen

Eine der Ursachen für die verbreitete Frustration und Unsicherheit ist in der Enttäuschung über unerfüllte Hoffnungen und Erwartungen zu suchen, die das Ende des kalten Krieges geweckt hatten. Wer erinnert sich noch daran, dass vom »Ende der Geschichte« gesprochen wurde und eine neue Weltfriedensordnung die Grundlagen für politische Stabilität, Demokratie, Wohlstand durch Marktwirtschaft bilden sollte. Nach der Euphorie des Jahres 1989 herrschen Ernüchterung und Desillusionierung. Die »Friedensdividende« hatte sich als sehr mager erwiesen. Mit dem Ende der Ost-West-Konfrontation musste mehr angepasst werden als die bisherigen Ziele politischen Handelns (nukleare Abschreckung, Entspannung, Rüstungskontrolle): auch die dieser Politik angemessenen

Regeln und Verhaltensweisen haben sich als zeitbedingt herausgestellt. Das in 40 Jahren entwickelte Krisenmanagement und die Spielregeln, um zu einer Kooperation zu gelangen, erweisen sich als ungenügend.

Damit wird deutlich, dass die Ordnung der Nachkriegsjahre unter dem bipolaren Nuklearschirm, die eine Periode mit relativer Stabilität und Frieden in Europa brachte, nicht die Regel, sondern eine Ausnahme der Geschichte bildete. Nach dem langen nuklearen Frieden beginnt wieder die Zeit gewöhnlicher Unordnung, in der rationales Denken und Handeln niedriger eingestuft sind. Andere geschichtliche Kräfte wie Nationalismus, Fundamentalismus, Mythenbildung, ungezügeltes Machtstreben treten stärker hervor. Das Fehlen grosser Visionen und die Unsicherheit der Eliten gegenüber der Fragilität des politischen Umfeldes setzen sich fort in der Orientierungslosigkeit breiter Bevölkerungskreise. Die Nostalgie nach kommunistischer Ordnung im Osten wie die krampfhafte Suche nach einer Ersatzideologie für den nebensächlich gewordenen Antikommunismus im Westen sind nur die augenfälligsten Reaktionen auf diese Veränderungen.

Dazu kommt, dass die Bedrohungsformen sich stark geändert haben. Anstelle einer realen militärischen Gefährdung treten Verwicklungen und Bedrängnisse auf, die als neuartige Bedrohung empfunden werden und ein Gefühl von Schutzlosigkeit aufkommen lassen. Die Öffnung der Grenzen hat unkontrollierbare Bevölkerungsbewegungen in Gang gesetzt, das international organisierte Verbrechen kann sich ausbreiten. Drogen, Nuklearschmuggel, Waffenhandel sind Schwerpunkte seiner Aktivität, gegen die bisher keine adäquaten Abwehrmechanismen entwickelt worden sind. Diese verbreitete Unsicherheit hat sich auch an den Wahlurnen bemerkbar gemacht.

Unberechenbares Russland

In der grossen Politik ist das zentrale Problem nach wie vor das Verhältnis des Westens zu Russland. Der Umsturz im Osten bedeutet vor allem, dass eine Region, die bisher berechenbar war, nun alle Zeichen von chaotischer Instabilität trägt – und das auf lange Zeit. Dabei ist unverkennbar, dass Russland nach dem Zusammenbruch der Sowjetunion als eigentliches Ziel die Wiederherstellung seiner Grossmachtstellung anstrebt. Zwar lässt der rasante Verfall der russischen Wirtschaft die ökonomische Basis für eine solche Politik als zu schwach erscheinen. Doch der Status einer Nuklearmacht und das vorhandene, wenn auch noch nicht aktivierte Potential lassen für eine weitere Zukunft alle Optionen offen. Schwerpunkt der russischen Politik ist gegenwärtig, die GUS-Staaten – also die unabhängig gewordenen Länder der ehemaligen Sowjetunion – wieder stärker an sich zu binden, sowohl durch militärische Aktionen wie auch durch Subversion und wirtschaftliche Abhängigkeit.

Gegenüber dem Westen konzentriert sich die Politik Moskaus auf Störaktionen, welche die wichtigsten

Bündnissysteme des Westens, die Nato und die Europäische Union, im Visier haben. Und zwar nicht ohne Erfolg. Die westliche Politik steckt in einem tiefen Dilemma. Soll ihre Politik gegenüber dem Kreml auf Kooperation ausgerichtet sein, das heisst politische und finanzielle Unterstützung der Demokratisierung und des Reformprogrammes auch auf Kosten anderer, etwa der ost-mitteleuropäischen Länder? Oder soll eine Politik der Abgrenzung die westliche Position schärfer herausstellen und durch die Aufnahme von Polen, Ungarn, Tschechien in Nato und EU gestärkt werden? Hat Russland Priorität oder Ostmitteleuropa? Das tiefe Zerwürfnis im Westen über diese Frage beginnt die Entscheidungsfähigkeit in den verschiedenen Gremien zu lähmen und lässt den Eindruck entstehen, Moskau besitze bereits ein Vetorecht in europäischen Angelegenheiten. Nato und EU haben früher schwere innere Krisen zu überwinden gewusst, doch diesmal fehlt der äussere Druck als Zwang zur Einigung.

Nato und EU im Wandlungsprozess

Dabei ist nicht zu übersehen, dass sich Nato und Europäische Union in einem Wandlungsprozess befinden. Zwar ist die Magnetwirkung dieser beiden grossen Organisationen ungemindert. Durch ihren Beitritt zur Europäischen Union erhoffen sich Österreich, Schweden und Finnland grössere Sicherheit und Wachstumsimpulse. Andere Aspiranten stehen hier wie dort vor der Tür. Doch Anpassungen sind unumgänglich. Beim

Atlantikpakt ist es weniger die Umgestaltung der Militärstruktur, die Sorge bereitet, als vielmehr die Neuformulierung der Einsatzstruktur. Der Konflikt in Bosnien hat die Mängel schonungslos aufgedeckt. Eine einheitliche Linie ist jedoch bisher nicht in Sicht.

Auch die Europäische Union durchläuft eine Übergangsphase. Es ist die alte ungelöste Frage: Erweiterung und damit Aufnahme der osteuropäischen Länder oder Vertiefung nach innen. In beiden Fällen geht es darum, die Handlungsfähigkeit der EU zu verbessern. Eine Vertiefung nach innen bedeutet neben der Demokratisierung der Institutionen auch die Ausarbeitung von Konzepten für Sicherheits- und Verteidigungsfragen. Das Unvermögen Europas, in Bosnien den Frieden zu erzwingen, ist Folge früherer Unterlassungssünden. Die Europäer wollten mit den gleichen Methoden und Institutionen, mit denen nach dem Kriege Westeuropa auf die Beine gebracht worden war (in der Montanunion, EG, EU), die Ordnung auf dem Balkan wiederherstellen – und sind dabei gescheitert. Das bisherige Europakonzept hat sich als ungenügend erwiesen.

Ähnliche Enttäuschungen drohen, falls die Erweiterung nach Osteuropa zur Sprache kommt, die ja nicht mit der Aufnahme der nordeuropäischen Demokratien in die Europäische Gemeinschaft gleichzusetzen ist. Hier ist der Einspruch Moskaus zu erwarten. Es ist eine hochpolitische Frage. Die Aufnahmebegehren der Polen, Ungarn und Tschechen erfolgen vor allem aus Sicherheitsgründen und erst in zweiter Linie aus wirtschaftlichen Erwartungen. Die EU wird mit allem Nachdruck daran erinnert, dass die Gründerväter der Römer-Verträge eine politische Union und keine Freihandelszone anvisierten. Die Europäische Union steht vor der Stunde der Wahrheit.

Die gleiche Feststellung gilt für die Position Deutschlands in Europa. Die Führungsgremien aller demokratischen Parteien in der vergrösserten Bundesrepublik akzeptieren die Einbindung ihres Landes in Europa. Denn nicht der Einzelstaat Deutschland kann ebenbürtiger Partner der USA sein bei der Eindämmung allfälliger Bedrohungen, beim Konflikt- und Krisenmanagement sowie bei der Regelung von Handelsvereinbarungen, sondern nur Europa als Ganzes. Ob das immer so bleibt, hängt auch vom Verhalten der anderen Europäer ab. Das Auffangen einer zunehmenden deutschen Dynamik kann nur durch eine grössere europäische Dynamik in Politik, Wirtschaft und Kultur, d.h. durch eine Weiterentwicklung der Europäischen Union, aufgefangen werden. Es ist die europäische Handlungsbereitschaft, die das Entstehen einer deutschen Hegemonie verhindern kann.

Nun sind es nicht nur die Europäer, die in Bosnien die Grenzen ihres Einflusses zu spüren bekommen haben. Auch die Vereinten Nationen und die USA als westliche Führungsmacht haben sich unfähig gezeigt, die Kriegsgreuel im ehemaligen Jugoslawien zu verhindern und Menschenrechtsverletzungen zu ahnden. Bosnien ist ein böser Fingerzeig dafür, dass auch in Europa die »Normalität« politischer Unordnung und

Gewaltanwendung zurückgekehrt ist. Noch schlimmer wiegt, dass die Gefahr der Nachahmer nicht auszuschliessen ist. Es fällt schwer, die Eruption der Unmenschlichkeit in Ruanda einzig auf afrikanische Gepflogenheiten zurückzuführen und darin nicht auch die Übernahme schlechter Vorbilder zu sehen. Die Hilflosigkeit gegenüber allen Formen der Gewalt in Afghanistan, Jemen, im Sudan, in Angola liegt auf der gleichen Linie.

Bereitschaft zur Zusammenarbeit

Nun wäre es aber völlig verkehrt, die politische Lage nur schwarz in schwarz und grau in grau zu malen. Rückkehr zur Normalität bedeutet Annäherung zwischen bisherigen Gegnern oder Feinden, Rückkehr zu einem friedlichen Zusammenleben, Bereitschaft zu vertiefter Zusammenarbeit. Der Friedensprozess im Mittleren Osten geht weiter, obwohl Ultras auf beiden Seiten jeden Fortschritt zu hindern suchen. Die Entwicklung ist hier bereits soweit vorangekommen, dass ein Zurück kaum mehr möglich scheint. Jordanien ist jetzt auch eingebunden, mit Syrien sind die Verhandlungen aufgenommen worden. Es liegt jetzt an den Palästinensern zu beweisen, dass sie die Selbstverwaltung im Gazastreifen und in Jericho effektiv gestalten können.

In Südafrika ging die Machtübergabe von der weissen Minderheit an die schwarze Mehrheit fast reibungslos über die Bühne. Nachdem der Kampf gegen die

Apartheid zahllose Opfer gefordert hatte, sind die entscheidenden Wahlen und die Ablösung der Regierung de Klerk durch die neue Mannschaft Präsident Mandelas nahezu problemlos vonstatten gegangen. Augenmass, Einsicht in die Notwendigkeit der Kooperation und demokratisches Bewusstsein haben hier eine eindrückliche Wende ermöglicht. Auch in Nordirland ist man dabei, die tiefen Gräben wieder zuzuschütten, die das Land trennen. Was den Sinneswandel bewirkt hat und ob er andauert, bleibt im Dunkeln. Es müssen Wege gefunden werden, die sich überschneidenden Mehr- und Minderheiten in einen von allen akzeptierten Rahmen zu bringen. Wie immer in solchen Fragen braucht es Geduld und einen langen Atem zum Erfolg.

Geduld und ein langer Atem waren ebenfalls nötig, um die neue Welthandelsordnung (Gatt bzw. WTO) unter Dach und Fach zu bringen. Nachdem Amerikaner und Japaner das Abkommen ratifiziert haben und die Länder der EU folgen werden, ist der Weg frei, die Chancen der neuen Ordnung zu nutzen. Das Inkrafttreten des NAFTA-Vertrages, der Nordamerikanischen Freihandelszone, trägt bereits auch politische Früchte: in Mexiko haben die ersten wirklich freien Präsidentschaftswahlen stattgefunden. Der Demokratisierungsprozess in Lateinamerika geht weiter. In Brasilien sind die Wähler nicht mehr bereit, jeden Präsidentschaftskandidaten ohne weiteres zu akzeptieren. Auch Uruguay votierte für Stabilität.

China allerdings geht weiterhin seinen Sonderweg. Auch wenn dieses Land der Wirtschaftsentwicklung

Priorität einräumt gegenüber ideologischer Haarspalterei, ist Peking nicht bereit, in der Frage der Menschenrechte Konzessionen zu machen. Vorderhand ohne Konsequenzen, nachdem Washington in diesem Punkt nachgegeben hatte, als Aussenhandelsinteressen auf dem Spiel standen. Wohin Nordkorea driftet, ist einstweilen noch nicht abzuschätzen. Nach dem Abgang des letzten Stalinisten Kim Il Sung ringen die Nachfolger um Konsolidierung. Immerhin haben sie in einen Nuklearkompromiss eingewilligt.

1995

Die Ermordung Itzhak Rabins

Gegenwärtig sind allein die Vereinigten Staaten von Amerika in der Lage, die internationale Entwicklung entscheidend zu beeinflussen und durch energisches diplomatisches und militärisches Engagement eine Politik der Vernunft und des Friedens zu erzwingen. Ganz gleich, ob im Nahen Osten, in Haiti, in Nordirland oder auf dem Balkan – immer war es einzig Washington, das die Kontrahenten durch Überredung oder Druck dazu bringen konnte, die Konfrontation aufzugeben, einen Modus vivendi zu suchen oder sich gar zu einer Kooperation bereit zu finden. Die Vorstellung, dass die Uno, die Europäische Union, die Arabische Liga oder andere Organisationen Konfliktherde eliminieren könnten, hat sich als eine Illusion erwiesen. Einzig das Wort und die Macht Amerikas haben Gewicht.

Amerika als einzige Supermacht

Dabei wehren sich die Amerikaner mit Händen und Füssen, die Rolle des Weltpolizisten zu übernehmen, der überall für Frieden und Ordnung sorgt. Zum einen sind auch der Einflussnahme und den Ressourcen einer Weltmacht Grenzen gesetzt. Der Misserfolg in Somalia hat hier die Augen geöffnet. Und zum anderen sind die Amerikaner vollauf damit beschäftigt, ihr eigenes Haus in Ordnung zu bringen. Nachdem

Präsident Clinton mit seinen Bemühungen dazu nicht viel Erfolg beschieden war, haben die Republikaner das Heft in die Hand genommen. In einer konzertierten Aktion (Kontrakt mit Amerika) soll ein finanz- und gesellschaftspolitischer Durchbruch erreicht werden. Der in die Defensive gedrängte Präsident versucht nun, auf aussenpolitischem Felde Terrain gutzumachen und sich durch eine aktive Friedenspolitik (mit einem Knüppel in der Hand) für eine weitere Präsidentschaft zu empfehlen.

Ohne Zweifel beeinflusst damit (nicht zum ersten Mal) amerikanische Innenpolitik den Gang der grossen Politik. Aber das Gewicht der USA im internationalen Umfeld nimmt auch aus einem anderen Grunde zu. Die weltweite Euphorie und die grossen Hoffnungen, die der Fall der Mauer zwischen Ost und West hervorgerufen hatte, sind längst verflogen. Inzwischen schlägt das Pendel wieder zurück und es gibt – wie gut beobachtet worden ist – deutliche Anzeichen einer zunehmenden Restauration, vor allem (aber nicht nur) in Osteuropa. Nach Ungarn, der Slowakei, Litauen, haben nun auch in Polen die Postkommunisten das Heft in die Hand genommen. Selbst in den neuen deutschen Bundesländern konnten die SED-Nachfolger bemerkenswerte Wahlerfolge erringen.

Nun ist eine Rückkehr des Stalinismus in Osteuropa kaum zu befürchten. Der Kommunismus als Ideologie hat ohne Zweifel abgedankt. Das hat aber nicht verhindern können, dass viele Osteuropäer wenige Jahre nach der wiedergewonnenen Freiheit ihren Blick nostalgisch verklärt nach rückwärts richten, um fragwürdigen Sicherheiten und Bequemlichkeiten nachzutrauern. Die neuen Freiheiten haben nicht den erträumten Wohlstand und das soziale Paradies gebracht, sondern zusätzliche Mühen und Risiken. Um so schwerer wiegt gerade in einer solchen restaurativen Phase das Wort der Führungsmacht Amerika. Das Festhalten an den zentralen Anliegen der Transformation – Freiheit, Sicherheit, Marktwirtschaft – bedeutet gleichzeitig auch eine Absage an alle weichen, schmerzlosen Methoden der Umwandlung und Reform.

Halbdemokratie Russland

Erkennbar ist aber auch eine Abgrenzung gegenüber der Halbdemokratie mit autoritären, zentralistischen Bestrebungen, wie sie sich in Russland, aber auch in anderen Nachfolgestaaten der Sowjetunion – Weissrussland, Ukraine, Georgien – herausbildet. Sicherlich ist es dem russischen Präsidenten Jelzin gelungen, ein Auseinanderbrechen des Staates und den völligen Zusammenbruch der Wirtschaft zu verhindern. Doch ist der Preis dafür sehr hoch. Der Reformkurs wird nur sehr selektiv betrieben, so dass man im wirtschaftlichen Bereich nur von einer bürokratisch verwalteten Marktwirtschaft mit zahllosen Interventionsmöglichkeiten reden kann. Dafür blüht eine Schattenwirtschaft in allen möglichen Varianten. Von einem Parteiensystem mit einer wirksamen Opposition kann keine

Rede sein. Die Regionen, in denen die ehemalige Nomenklatura das Sagen hat, besitzen einen erheblichen Freiraum. Sie sind das wichtigste Gegengewicht zur obrigkeitsstaatlichen Zentralregierung. Hand in Hand mit dieser Entwicklung geht der schwindende Einfluss Präsident Jelzins. Dennoch – trotz einer fehlenden politischen und wirtschaftlichen Stabilität beansprucht Russland für sich die Rolle einer Grossmacht. Die Aussenpolitik trägt neo-imperialistische Züge und lässt erkennen, dass Moskau im Konzert der Mächte nicht gleichberechtigter Partner, sondern Führungsmacht sein will. Allerdings wird der Abstand zur wirklichen Weltmacht USA immer grösser, wie die Ohnmacht Russlands auf dem Balkan zeigt, wo jetzt russische Truppen unter amerikanischem Kommando stehen.

Fundamentalismus und Extremismus

Eine andere Form der Restauration nimmt dagegen menschenfeindliche Züge an: der Fundamentalismus und der Extremismus jeder Couleur. Hier ist er die Berufung auf Gott oder eine abstrakte Ideologie, die eine Anwendung blinder Gewalt legitimieren soll. Es ist gleichzeitig eine Absage an Toleranz, Menschlichkeit, Rationalität und Pluralismus. Dabei ist häufig nur schwer zu unterscheiden, wo die Grenze zwischen religiös-politischem Fanatismus und berechnendem Terrorismus verläuft. Fundamentalismus ist fälschlicherweise mit einem aggressiven Islam gleichgesetzt worden. Doch der Begriff wurde ursprünglich zur

Charakterisierung einzelner protestantischer Sekten geprägt. Nun hat die Ermordung des israelischen Ministerpräsidenten Rabin die Augen dafür geöffnet, dass es sich hier um ein weltweites Phänomen handelt, das überall auftreten kann. Oklahoma, Tokio oder Wien stehen für eine extreme Form eines Irrationalismus, der aus Menschenhass, Frustration und Verblendung erwächst, sich aber nur graduell unterscheidet von übersteigertem Nationalismus, Rassismus und Fremdenhass.

Die Folgen sind unübersehbar. Vertreibungen und Menschenrechtsverletzungen aus ethnischen, nationalistischen oder religiösen Gründen nehmen zu. Allein das Uno-Hochkommisariat für Flüchtlinge in Genf betreut weltweit mehr als 19 Millionen Flüchtlinge. Innerstaatliche oder zwischenstaatliche Konflikte führen immer häufiger zu Massenvertreibungen. In Sri Lanka, im Sudan, in Ruanda, in Afghanistan, in Kurdistan und auf dem Balkan sind Menschen auf der Flucht, denn Krieg oder Bürgerkrieg bedeutet immer deutlicher Krieg gegen einen Teil der Zivilbevölkerung.

Polarisation

In den Ländern der westlichen Welt hat das Ende der bipolaren Weltordnung andere Tendenzen stärker hervortreten lassen. So ist deutlich eine Polarisation der innenpolitischen Fronten zu registrieren. Die unter dem Druck der sowjetisch-kommunistischen Herausforderung gewachsene Bereitschaft zur Konsensfindung hat deutlich abgenommen. Die politischen Gegensätze zwischen links und rechts – zwischen jenen, die vorwärtsblicken und jenen, die zurückschauen – akzentuieren sich. Weitere Faktoren tragen dazu bei: die Zunahme der Arbeitslosigkeit in den Industrieländern; der Streit darüber, wer die Hauptlast bei der Abtragung der während des kalten Krieges kumulierten Budgetdefizite tragen soll, wer also die sogenannte Friedensdividende kassieren kann; schliesslich noch die sich öffnende Schere zwischen einer sich rasant verändernden Wirtschaftswelt und der nur zögernden Anpassung der staatlichen Instrumente. Die Antworten auf diese Fragen, zu der noch die Asylpolitik, der Verkehr, sowie demographische und gesellschaftspolitische Veränderungen treten, spalten die Bevölkerung der einzelnen Länder stärker als noch vor wenigen Jahren. Unzweifelhaft ist auch die Bereitschaft grösser geworden, Sozialkonflikte auszutragen.

Bis jetzt hat das demokratische Bewusstsein in den europäischen Ländern die sich verschärfenden innenpolitischen Gegensätze gemildert. Die Auswechselung einer verbrauchten Regierungsmannschaft durch die Opposition ist hier eine bewährte Methode. Dabei kann das Pendel unterschiedlich einmal nach rechts und einmal nach links ausschlagen. In Frankreich sind Präsident Mitterrand und die Sozialisten durch die Bürgerlichen mit Präsident Chirac an der Spitze abgelöst worden. In Portugal dagegen hat die demokratische Linkspartei das Ruder in die Hand genommen. In Grossbritannien wiederum formiert sich Labour unter Führung ihres jungen Chefs Blair zum Grossangriff auf Whitehall, nachdem viel ideologischer Ballast über Bord geworfen worden ist. In Spanien dagegen geht die Zeit der Sozialisten unter Gonzales ihrem Ende entgegen.

In Italien, wo nach dem Zusammenbruch des politischen Systems der Nachkriegszeit neue Koordinaten gesucht werden, hat die Übergangsregierung Dini durch ihr Standvermögen dem Land zur dringend benötigten Abkühlungszeit verholfen. An deren Ende muss es sich weisen, ob die Italiener mehrheitlich links oder rechts der Mitte stehen. Und in Deutschland schliesslich, wo Bundeskanzler Kohl einstweilen fest im Sattel sitzt, ist eine Veränderung der politischen Landschaft keineswegs ausgeschlossen, wobei weniger die Frage eine Rolle spielt, ob die SPD ihre Gefolgschaft in der Mitte oder unter den ehemaligen SED-Wählern suchen soll, als vielmehr die Zukunft der Liberalen. Sollte die FDP als Mehrheitsbeschaffer im Parlament von den ökologisch und eher links orientierten Grünen abgelöst werden, hätte das weitreichende Folgen.

Die Europäische Union mit ihren inzwischen 15 Ländern verharrt zur Zeit in einer auffälligen Wartehaltung. Weniger der Wechsel von Delors zu Santer an der Spitze der Europäischen Kommission wirkt sich lähmend aus als vielmehr der Misserfolg der Vermittlungsaktion auf dem Balkan. Die EU war nicht in der Lage, vor ihrer Haustüre in Südosteuropa eine Waffenruhe zu erzwingen und den Frieden wieder herzustellen. Der Wirtschaftsriese hat sich wieder einmal als politischer Zwerg erwiesen. Die Ordnungsaufgabe auf dem Balkan musste an die USA abgetreten werden. Dass daraus Konsequenzen gezogen werden müssen, liegt auf der Hand. Die Überprüfung des Vertrages von Maastricht im kommenden Jahr wird dazu Gelegenheit bieten. Der Entscheid über die Einführung der Europäischen Währungsunion mit ihrer Einheitswährung sowie über den Zeitpunkt der Osterweiterung wird Aufschluss darüber geben, ob die EU die Kraft zur Fortsetzung der Vorwärtsstrategie besitzt, die sie bisher ausgezeichnet hat.

Atempause im Krieg auf dem Balkan

Gerade der Krieg auf dem Balkan hat wieder gezeigt, dass eine Friedensvermittlung nur dann Erfolg verspricht, wenn man bereit ist, auch Machtmittel einzusetzen. Die Hilflosigkeit der Uno und der anderen internationalen Organisationen, einschliesslich der OSZE, die im kommenden Jahr von der Schweiz präsidiert wird, ist ein deutliches Beispiel dafür. Drei Jahre Krieg in Bosnien, die Wirtschaftsblockade und ein erfolgreicher Gegenangriff der Kroaten hatten zu einer Patt-Situation geführt, die einen Schrecken ohne Ende ankündigte. In dieser Situation haben die Amerikaner eingegriffen mit dem Ziel, im Krisengebiet ein Gleichgewicht der Kräfte herzustellen. Das ist alles andere als Frieden oder gar ein friedliches Zusammenleben. Aber nach dem jahrelangen Blutvergiessen, den Vertreibungen und den Menschenrechtsverletzungen war nicht mehr zu erreichen. Die Streitparteien behalten die Möglichkeit, sich zu verteidigen, müssen jedoch auf Angriffskapazitäten verzichten. Die Nato sorgt mit 60'100 Mann für eine einjährige Abkühlungsperiode. Mittel zum Wiederaufbau sollen bereitgestellt werden, und dann bleibt wieder nur die Hoffnung, dass schliesslich doch die Vernunft über Leidenschaft und Verblendung siegt, dass die Zeit die Wunden heilt.

Gratwanderung im Nahen Osten

Dass der Friedensprozess im Nahen Osten einer gefährlichen Gratwanderung gleicht, wo jederzeit der Absturz droht, wurde im abgelaufenen Jahr mehr als einmal deutlich. Doch der eingeschlagene Pfad führt weiter. Selbst die Ermordung des israelischen Ministerpräsidenten Rabin hat das Ziel nicht in eine unerreichbare Ferne gerückt. Vielmehr zeigt sich gerade jetzt, dass die Politik der schrittweisen Annäherung nicht von einer Führungsperson abhängt, sondern von einer breiten Mehrheit der Israeli getragen wird. Auf der anderen Seite konnte Arafat, nachdem sich die israelische Armee aus Teilen Cisjordaniens zurückgezogen hat, seine Position stärken und die Extremisten zurückdrängen. Die Teilnahme von über 40 Staats- und Regierungschefs an den Trauerfeierlichkeiten für Rabin macht deutlich, dass die Friedensbemühungen im Nahen Osten weltweit Unterstützung erhalten. Nachdem auch Jordanien mit Israel Frieden geschlossen hat, steht einzig Syrien noch abseits. Auch hier geht es um die Frage, was zuerst kommt: Sicherheit und dann Vertrauen oder umgekehrt. Immerhin sass an der Mittelmeerkonferenz in Barcelona der syrische Aussenminister mit seinem israelischen Kollegen am gleichen Tisch, und beide haben das Schlussdokument unterschrieben, das eine Kooperation aller Mittelmeerländer befürwortet.

Wandel im Fernen Osten

Die eurozentrische Betrachtungsweise, die in unseren Breiten vorherrscht, verhindert häufig, tiefgreifende Veränderungen in anderen Teilen der Welt rechtzeitig zu bemerken. So muss die Vorstellung revidiert werden, dass im Fernen Osten einzig Japan ein Wirtschaftszentrum bildet, das neben Amerika und Europa ein Eigengewicht aufweist. Inzwischen mehren sich die Indizien, dass Japans Aufstieg an seine Grenzen gestossen ist. Weniger die Schwerfälligkeit bei der Reformierung des politischen Systems als deutliche Schwächezeichen im Wirtschaftsleben lassen nicht ausschliessen, dass sich die Gewichte verändern könnten. So ist Chinas Rückkehr auf das Parkett der Weltpolitik unverkennbar. Die wirtschaftliche Entwicklung hat ihr rasantes Tempo beibehalten. Alle Versuche, durch politischen Druck und eine Isolierung des Landes eine Ablösung des kommunistischen Systems zu erreichen, erwiesen sich als kontraproduktiv. Jetzt hofft man, dass der Zahn der Zeit Veränderungen erzwingt. Unter Zurückstellung anderer Prinzipien (Menschenrechte) wird nun die Vertiefung der Handelsbeziehungen zwischen den Industrieländern und China vorangetrieben. Das gleiche gilt auch für Südkorea, das seit dem Koreakrieg Pekings Erzfeind war.

Hier entsteht, wenn man noch Taiwan dazurechnet, ein nordost-asiatisches Zentrum, das dem südostasiatischen rund um Singapur in nichts nachsteht. Die Bedeutung dieses Inselstaates nimmt weiter zu und wird noch wachsen, nachdem Vietnam aus seiner Erstarrung aufwacht. Die Normalisierung zwischen Washington und Hanoi, zwanzig Jahre nach dem Ende des Vietnamkrieges, hat hier ein weiteres Tor geöffnet.

Lateinamerika sucht Anschluss zu behalten

In Lateinamerika sind Militärregimes gegenwärtig eher die Ausnahme. Die Zivilregierungen werden daran gemessen, wie weit die jeweiligen Präsidenten ihre Wahlversprechungen einhalten. In Argentinien, wo zurzeit ein tiefgreifender Wandlungsprozess stattfindet, ist Carlos Menem glanzvoll wiedergewählt worden. Es war das Votum für die Weiterführung einer Politik wirtschaftlicher Stabilität als Voraussetzung für die Stärkung der Demokratie. Auch eine Normalisierung mit Grossbritannien kann nun eingeleitet werden, damit auch die Wunden des Falklandkrieges vernarben können. In Peru erfolgte die Wiederwahl Fujimoros trotz seines autoritären Regierungsstils und trotz der schmerzhaften Schlappe im Grenzkonflikt mit Ecuador. Die Wähler honorierten, dass es dem

Präsidenten gelungen war, die Guerillagefahr zu bannen und geordnete Lebensbedingungen herzustellen als Voraussetzung für eine wirtschaftliche Erholung.

Ganz anders in Brasilien, wo der neu gewählte Präsident Cardoso den ihm entgegengebrachten Vertrauensvorschuss sehr rasch verspielt hat und eher eine Politik des Lavierens betreibt. Er hat sich nicht aus den Verstrickungen der Machtinteressen lösen können, was Rückwirkungen auf den Demokratisierungsprozess zur Folge hat. Etwas ähnliches gilt für Mexiko, wo Präsident Zedillo mit einem verbreiteten Malaise im Lande fertig zu werden sucht. Das Finanzdebakel zu Beginn seiner Regierungszeit hat das Ungleichgewicht zwischen wirtschaftlicher Modernisierung und fehlender politischer Erneuerung zutage gebracht. Der Zickzack-Kurs gegenüber den Zapatisten im Süden macht transparent, wie sehr der Reformprozess ins Stocken geraten ist. In Kolumbien verfolgt Präsident Samper eine heikle Gratwanderung: eine kostspielige Sozialpolitik soll Liberalisierung und Wachstum nicht gefährden. Desgleichen sollen generöse Friedensangebote an die Guerilla diese aus dem Busch locken, während gleichzeitig der Druck auf die Drogenmafia erhöht wird.

Und zwischen all den kontinentweiten Bemühungen um eine Anpassung an zeitgemässe Erfordernisse sitzt in Kuba der alternde Fidel Castro und versucht, das Rad der Zeit aufzuhalten. Washington lässt ihn dabei im eigenen Saft schmoren und hofft, dass auch diese Episode einmal zu Ende geht.

Am Ende unseres Tour d'horizon sei noch auf Kanada hingewiesen. Als Mitglied des G-7-Clubs zählt das Land zu den grossen Wirtschaftsmächten der Welt. Doch gerade in Kanada wird deutlich, wie die immer umfassender werdende Verknüpfung der Weltwirtschaft nationale Probleme nicht mildert, sondern akzentuiert. Die französisch-sprachige Bevölkerung in Quebec fühlt sich von der anglophonen Umgebung auf dem nordamerikanischen Kontinent unterdrückt und sucht, trotz der wirtschaftlichen Vorteile eines grossen Marktes, den Ausweg im Alleingang. Gerade in der Schweiz wird man dieser Einstellung Verständnis entgegenbringen. Doch in der Volksabstimmung gab dann die (wenn auch kleine) Mehrheit der Bevölkerung in Quebec dem Zusammenbleiben mit den Anglo-Kanadiern den Vorzug.

1996

Neue Politiker in Westeuropa

Es gibt Jahre, die in der Rückschau als hell und für die Zukunft offen erscheinen, wenn trotz vielen Einschränkungen ein Hauch von »Fortschritten« bemerkbar ist, die Ideale von Humanität, Demokratie und Rechtsstaatlichkeit neue Impulse zu vermitteln scheinen und Optimismus nicht unbegründet ist. Dann gibt es wieder Jahre, in denen Grau- und Schwarztöne überwiegen, retardierende, ja regressive Kräfte zu dominieren scheinen, sich vorhandene Gräben vertiefen und neue auftun. Die Brückenbauer bewegen sich auf schwankendem Boden; die Propheten und Realisten haben Grund zur Resignation.

Periode des Übergangs

Das abgelaufene Jahr 1996 in die zweite Kategorie einzureihen, dafür gibt es manche Gründe. Doch eine differenzierte Betrachtungsweise wird Elemente des Übergangs registrieren: Zögern bei der Entscheidungsfindung, Abwarten, Aufbau von Gegenpositionen. Hier bietet der Nahe Osten ein gutes Anschauungsmaterial. Der Friedensprozess, der einen Modus vivendi zwischen Israeli und Arabern anstrebte und bemerkenswerte Resultate verzeichnen konnte, ist ins Stocken geraten. Die Entstehung eines palästinensischen Autonomiegebietes mit dem Fernziel eines eigenen Staates ist plötzlich wieder in Frage gestellt.

Auf den ersten Blick war es der Machtwechsel in Israel, der eine konservativ-religiöse Koalition unter Ministerpräsident Netanyahu ans Ruder und eine Verhandlungspause mit sich brachte. Doch die tieferen Ursachen für das politische Tief über dem Nahen Osten sind eher in der Tatsache zu suchen, dass eine Annäherung von so tief verfeindeten Völkern und Religionsgemeinschaften eine längere Zeitspanne erfordert, als in erster Freude über den Durchbruch erhofft worden war.

Die Einbindung oder Isolierung der Extremisten in beiden Lagern ist ein mühsamer Prozess. Auch wenn Selbstbestimmung und Selbstregierung der Palästinenser auf Dauer kaum verhindert werden können, so darf nicht übersehen werden, dass der Friedensprozess kein zweiseitiger Fortgang ist, sondern die ganze Region betrifft: Syrien, Jordanien, und darüber hinaus auch die islamischen Länder Türkei und Iran. Der Streit um Kurdistan, die gerechte Verteilung des Wassers, das Wiederauftauchen des Iraks auf der politischen Bühne, die Sicherung der Ölversorgung des Westens, das Ringen um die Vormacht in dieser Region spielen hinein. Die Mittelostpolitik gleicht nach wie vor einem Jonglieren mit fünf Kugeln.

Ähnliches ist in Bosnien zu beobachten. Das Eingreifen der Nato unter Führung der Amerikaner und die Stationierung der Ifor-Truppen hat den Frieden zwischen den verfeindeten Ethnien erzwingen können. Doch ein friedliches Zusammenleben kann nicht dekretiert werden, sondern muss dem eigenen Wunsch entspringen. Auch hier muss mit längeren Zeiträumen operiert werden. Politischer Druck und die Bereitschaft zur Aufbauhilfe sind nur Korsettstangen bei dem Versuch, Demokratie und Humanität in einer Region zu verankern, in der archaische Regungen und nationaler Fanatismus Tradition haben. Den Friedensbaum kann man nur pflanzen, wachsen muss er selber.

Auf einer anderen Ebene, aber ebenfalls in einer Übergangsphase, verläuft die Entwicklung in Grossbritannien. Der Niedergang der Konservativen Partei unter Premierminister Major und das ängstliche Starren auf den Wahltermin im nächsten Jahr wirken auf die englische Politik lähmend. Von London gehen keine Impulse aus. Das zeigt sich vor allem im Nordirlandkonflikt. Der vielversprechende Versuch, den jahrzehntelangen Streit zwischen Katholiken und Protestanten zu beenden, droht ins Leere zu laufen. Das gegenseitige Misstrauen nimmt wieder zu. Ein klärender Wahlgang könnte für neuen Wind sorgen.

Status quo in den USA

So hat der Wahlausgang in den Vereinigten Staaten mit der Bestätigung des Status quo klare Verhältnisse gebracht. Die Wähler haben den Demokraten Clinton wiedergewählt, gleichzeitig aber auch die republikanische Mehrheit im Kongress bestätigt. Die Amerikaner sind offenbar im grossen Ganzen – dank einer prosperierenden Wirtschaft – mit dem Stand der Nation zufrieden und haben Gefallen gefunden an der amerikanischen Ausprägung der Kohabitation, der Aufteilung der Macht zwischen Präsident und Parlament. Inspirierende Visionen und eine energische Führung sind vom Herrn im Weissen Haus kaum zu erwarten. Doch haben Anpassungsfähigkeit und eine verblüffende Wendigkeit ihn dazu befähigt, Tatsachen ins Auge zu blicken. Sie haben ihn nicht daran gehindert, – wenn nötig – das Gewicht der USA in die politische Waagschale zu werfen. Auch wenn der Präsident kein übermässiges Interesse an den Problemen draussen in der Welt aufbringt und sich weigert, Amerika als die einzige Supermacht die Rolle des Weltpolizisten spielen zu lassen, so wird Washington die Politik des selektiven Engagements bei weltpolitischen Krisen auch künftig weiterführen.

Anders ist der Entwicklungsgang in der Europäischen Union einzureihen. Der Fehlschlag der europäischen Friedensaktion in Bosnien, bei der sich die EU als ein entscheidender politischer und militärischer Faktor auf der internationalen Bühne etablieren wollte und dabei jämmerlich scheiterte, hat das Selbstverständnis der Union schwer erschüttert. Die Maastrichter Folgekonferenz, auf der die Weichen für die kommenden Jahre gestellt werden, steht unter diesem Schatten. Während aber die Suche nach Kompromissen zur Stärkung der Fundamente der Politischen Union (Demokratisierung, Stärkung des Parlaments, Entbürokratisierung der Kommission, Osterweiterung) einige Mühe bereitet, nimmt die Währungsunion deutlichere Konturen an. Konvergenzfortschritte lassen kaum mehr Zweifel am fristgerechten Start der Währungsunion im Januar 1999 aufkommen. Wieder einmal spielt in der EU der Wirtschaftsbereich den Schrittmacher bei der Weiterentwicklung, um Tatsachen zu schaffen, die irreversibel erscheinen.

Der Graben zwischen Wirtschaft und Politik

Generell kann gesagt werden, dass gegenwärtig von der Wirtschaft stärkere Impulse ausgehen auf die Umformung der westlichen Gesellschaft als von der institutionalisierten Politik. Der Umbruch der politischen Landschaft im Jahre 1989 und die notwendig gewordene Neuorientierung haben zu einer unerwarteten Scherenbewegung geführt. Während die Wirtschaft die Öffnung nach der Wende und das Entstehen von neuen Freiräumen rasch nutzt, hat in Bereichen von Politik und Staat eine Desorientierung um sich gegriffen. Die kurze Euphorie, als eine neue Weltfriedensordnung Wohlstand, Frieden, Recht und Ordnung versprach, verflog sehr rasch. Die Ausrichtung auf neue Ziele und die Verankerung neuer Wertvorstellungen erweisen sich als Sisyphusarbeit.

Die Weltwirtschaft dagegen steckt in einer Umbruchs- und Modernisierungsphase. Unter dem Vorzeichen einer »Globalisierung« hofft man durch weltweite, neuartige Verknüpfungen eine Erhöhung des allgemeinen Wohlstands zu erreichen. Auf der Ebene der Politik, wo die Rahmenbedingungen festgesetzt und die Spielregeln ausgehandelt werden, überwiegen die

Beharrungskräfte; Phantasiearmut und Angst sind weit verbreitet. Es ist die Wirtschaft, welche die öffentliche Diskussion in vielen Ländern bestimmt und welche die Führung übernommen hat. Die Politik hinkt hinterher.

Italien ist hier ein gutes Beispiel. Einmal ist bemerkenswert, dass nach Jahren der Turbulenzen und nach überfälligen Wahlen erstmals eine Mitte-Links-Regierung an die Macht gekommen ist. Wichtiger aber ist, dass an der Spitze des Kabinetts Wirtschafts- und Finanzfachleute stehen, die das Land auf den Weg der wirtschaftlichen Gesundung führen. Erfolge sind nicht ausgeblieben. Die gleichzeitig in Angriff genommene Verfassungsreform dagegen, die das wirtschaftliche Reformwerk absichern und festigen soll, kommt nicht vom Fleck.

Nun liegen die Probleme in jedem Lande anders. Aber es ist nicht zu übersehen, dass in jenen Ländern, in denen der Modernisierungsschub und der Umstrukturierungsprozess der Wirtschaft erfolgreich in Gang gekommen ist – wir denken hier an Neuseeland, die USA, die Niederlande und auch an Grossbritannien –, das Gleichgewicht zwischen Politik und Wirtschaft sich wieder einzupendeln begonnen hat. In Verzug sind jene Länder, in denen bei der Umsetzung der Sozialen Marktwirtschaft noch immer darüber gestritten wird, ob dem Sozialen oder der Marktwirtschaft die Priorität zukommen. Zu diesen gehört auch die Schweiz.

Deutschland und Frankreich

Die Bundesrepublik wiederum kämpft mit anderen Problemen. Der politische Entscheid zur Wiedervereinigung, die dabei eingegangenen Verpflichtungen zusammen mit den reichlich gemachten Zusagen, stellen an die Wirtschaft gewaltige Anforderungen, die zu erfüllen offenbar nicht alle gleichermassen bereit sind. Der Prozess der Wiedervereinigung erfordert einen viel breiteren Zeitraum, grössere Anstrengungen und einen längeren Atem als ursprünglich prognostiziert. Die Republik hat nun das grosse Glück, dass an der Spitze des Kabinetts ein Mann steht, der zur Erfüllung der schwierigen Aufgabe die notwendigen Eigenschaften hat: Zähigkeit, Geduld und Selbstsicherheit. Helmut Kohl ist inzwischen der dienstälteste Regierungschef in Europa geworden. Seine Hartnäckigkeit, mit der er die Eingliederung Deutschlands in ein stärkeres Europa vorantreibt, weist ihm eine Führungsrolle in Europa zu.

Sein Partner in Frankreich, Präsident Chirac, erscheint daneben blass. Dem altgedienten Gaullisten will es nicht gelingen, Frankreichs Rolle in der Welt und in Europa in Einklang zu bringen. Die Politik seiner Regierung gleicht einem Zickzackkurs. So kontrastiert die Machtdemonstration der Atomtests im Pazifik mit der Ankündigung, die Wehrpflicht abzuschaffen und dem Wunsch, in der Nato stärker mitzuarbeiten. Auch in Afrika zeigt Paris häufig eine unglückliche Hand, wenn sich Machtpolitik und humanitärer Einsatz in die Quere kommen. Es ist schwer zu erkennen, wo Frankreich eine Führungsrolle übernehmen könnte.

Ostasiatische Ungewissheiten

Im Zuge der Internationalisierung der Absatz- und Beschaffungsmärkte hat sich der Blick zunehmend nach Ostasien gerichtet. In der Tat sind bei der Öffnung der Märkte von Malaysia bis Südkorea eindrucksvolle Fortschritte zu verzeichnen, wobei auch in dieser Wachstumsregion die Bäume nicht in den Himmel wachsen. Vielfach werden dabei die politischen Risiken übersehen. Wirtschaftliche Erfolge stärken nicht nur das Selbstbewusstsein, sondern wecken Nationalismen, deren Virulenz nicht unterschätzt werden darf. Teile der ostasiatischen Eliten sind von der Überlegenheit ihrer Kulturen und Gesellschaftsordnungen gegenüber einem in ihren Augen dekadenten Westen überzeugt. Während nach ihrer Ansicht der Okzident in wachsenden Selbstzweifeln und in wirtschaftlichem Immobilismus versinkt, steigt ein selbstbewusstes Asien aufwärts zu politischer und ökonomischer Macht. Aus dieser Sicht ist Globalisierung nur ein letzter Versuch des Westens, eine Vormachtstellung aufrechtzuerhalten.

Dass diese Region auch sonst wenig krisenfest ist, zeigen die militärischen Drohgebärden Pekings während der Präsidentenwahlen auf Taiwan, die Unrast in Indonesien, die Ungewissheit über die Zukunft Hongkongs sowie die zahlreichen offenen und gärenden

Konflikte um Inseln und rohstoffreiche Territorialgewässer in den ostasiatischen Meeren. Der Aufstieg Chinas zu einer Weltmacht im 21. Jahrhundert wirft zahlreiche Fragen auf, und schliesslich bereitet das künftige Verhältnis zwischen Washington und Tokio sicherheitspolitische Sorgen. Ein weitergehendes Disengagement der USA bei einer beschleunigten japanischen Aufrüstung würde in Erinnerung an den Zweiten Weltkrieg das Klima verdüstern und Ostasien destabilisieren.

Erstarkung des Islamismus

Eine Herausforderung des Westens anderer Art ist das Erstarken des Islamismus in einer ganzen Reihe von Ländern vom Atlantik bis nach Indonesien. Dabei sind weniger die militanten Formen des Islamismus zu fürchten, wie er in Algerien in Erscheinung tritt, wie ihn die Taliban in Afghanistan mit ihrem Steinzeitglauben praktizieren oder wie er im Sudan als Begründung für den Vernichtungskrieg gegen schwarze Christen und Animisten dienen muss. An politischer Bedeutung gewinnen vielmehr jene Formen des Islams, die Traditionalismus und Weltläufigkeit miteinander zu verbinden suchen, wo der Islam weniger als Religion, sondern als moralische Leitplanke für alle Lebensbereiche dienen muss. Der Islam präsentiert sich so als Wertesystem und als politisches Programm, der in seiner so modernisierten Form zunehmend Muslime in seinen Bann zu ziehen versteht. Aus einem Gefühl moralischer Überlegenheit werden westliche

Werte abgelehnt. Nicht nur die Konflikte mit muslimischen Einwanderern in zahlreichen europäischen Ländern haben hier ihre Wurzeln, sondern auch die Machtübernahme durch Islamisten in der Türkei, wo die Elite sich als Europäer fühlt, lässt sich so erklären. Ähnliche Entwicklungen sind in Ägypten, Indonesien oder Pakistan zu beobachten.

Eine Ablehnung westlicher Werte tritt auch in Russland verstärkt in Erscheinung. Jelzin kann seine Wiederwahl als Präsident zu einem guten Teil dieser Entwicklung zuschreiben. Sein Erfolg über den kommunistischen Widersacher Sjuganow, der im Westen mit Erleichterung aufgenommen worden ist, verdeckt den weiten Weg, den er seit 1992 von einem Radikaldemokraten zu einem Nationalpatrioten zurückgelegt hat, der auf Distanz zum Westen bedacht ist. In Russland wird heute niemand gewählt, der eine Verwestlichung und Europäisierung zu seinem Programm macht, genau so wenig wie jemand, der in Stalin sein Vorbild und seinen Schirmherrn sieht. Aber dass sich in Russland eine nationalpatriotische Mitte unter der Führung Jelzins zusammenschliessen konnte, ist nur möglich geworden, weil in dem Land gewählt und nicht geputscht wurde. Der Verlierer hat seine Niederlage akzeptiert und damit eine zentrale Spielregel der Demokratie anerkannt. Das ist ein grosser Schritt vorwärts. Möglich war die Wahl auch, weil die Streitkräfte sich jeder Einmischung enthalten haben. Hier mag die fragwürdige Rolle Moskaus im Tschetschenien-Konflikt mitspielen, in dem sich die Streitkräfte als Papiertiger erweisen. Der Konflikt im Kaukasus hat andererseits auch gezeigt, dass Jelzin nicht bereit ist, Minderheitenrechte anzuerkennen und dass er russische Grossmachtziele verfolgt.

Der Wahlkampf in Russland hat aber auch deutlich gemacht, dass das Land kein sozialer Hexenkessel ist, der – wie häufig prophezeit wurde – jederzeit explodieren kann. Vielmehr scheint die Wirtschaft sich auf einem sehr niedrigen Niveau zu stabilisieren. Der grösste Unsicherheitsfaktor für die Zukunft Russlands ist zurzeit der prekäre Gesundheitszustand des Präsidenten.

Die Entwicklung in den unabhängig gewordenen ehemaligen Satellitenländern unterscheidet sich in einem entscheidenden Punkt von jener in Russland. In diesen Ländern sind überall reform- oder postkommunistische Parteien entstanden, die in offene Konkurrenz zu liberalen und konservativen Parteien treten konnten. Überall, wo ein Regierungswechsel möglich war, (Weissrussland und Serbien sind hier negative Beispiele) kann auch von lebendiger Demokratie gesprochen werden. Das war dieses Jahr in Litauen, Rumänien und Bulgarien der Fall, wo die Kommunisten abgewählt wurden und ihre Niederlage akzeptierten. Nun können die Rechtsparteien zeigen, wie man es besser machen kann.

1997

Die Nato auf Aufgabensuche

Als Aufgabe aktueller Politik wird sowohl auf nationaler wie auch auf internationaler Ebene immer öfter die Erreichung oder Bewahrung von Stabilität vorgegeben. Waren in den Jahrzehnten zuvor, als es darum ging, den Totalitarismus abzuwehren, Werte wie Freiheit, Frieden, Demokratie und allgemeiner Wohlstand für das politische Leben bestimmend, so gilt heute Instabilität als die Wurzel allen Übels, die zu bekämpfen ist. Stabilität ist das Markenzeichen unserer Tage.

Diese Entwicklung ist nur nach und nach deutlich geworden. Doch bringt eine solche Zielvorgabe etwas Berechenbares in die Weltpolitik, die Zusammenhänge werden überschaubarer. Andererseits öffnet sie die Tür für Opportunismus und fördert Stagnation. Und Stabilitätspolitik führt sich selbst ad absurdum, wenn die Amerikaner in Afghanistan, in der Hoffnung, einen Frieden der Erschöpfung zu erzwingen, die Taliban unterstützen.

Neue Aufgabe für die Nato

Gewichtiger in diesem Zusammenhang ist aber die Veränderung, welche die Sicherheits- oder Verteidigungspolitik unter diesem Vorzeichen erfahren hat. Nach 1990 musste sich auch das Atlantische Bündnis, die Nato, eine neue Aufgabe stellen. Obwohl die bisherige Politik im ganzen sehr erfolgreich war und die Allianz in Krisensituationen (wie etwa in Bosnien) ihre Schlagkraft beweisen konnte, genügte die bisherige Begründung für eine Weiterexistenz immer weniger.

Der gemeinsame Nenner, auf dem sich die Mitgliedstaaten gefunden haben, um ihre Zusammenarbeit fortzusetzen, die notwendigen Anpassungen durchzuführen, tragfähige militärische Strukturen zu schaffen und die Truppe zu motivieren, ist die Bekämpfung der Instabilität. Stabilität und Sicherheit sind so fast zu einem Synonym geworden.

Unter diesem Vorzeichen ist auch die vorsichtige Nato-Osterweiterung in Gang gekommen. In der ersten Runde umfasst sie Polen, die Tschechische Republik und Ungarn. Es ging darum, den drei ostmitteleuropäischen Ländern ein Mass an Sicherheit und Stabilität zu gewähren, ohne die Machtstrukturen grundlegend zu verändern und neue Gräben aufzureissen. Indem die Stabilität einer Region zur Richtschnur wird, eröffnet sich die Chance, auch Russland, also den vormaligen Erzgegner, in das stabilisierende Sicherheitssystem einzubeziehen, und zwar im Rahmen des euro-atlantischen Partnerschaftsrates. Der Brückenschlag nach Osten, wenn auch vorderhand nur in einer ganz diffusen Form, war möglich geworden, nachdem Sicherheit in diesem Zusammenhang gesehen wurde. An Stabilität ist man schliesslich im Westen wie im Osten interessiert.

In Russland sitzt Jelzin fest im Sattel. Seine Fähigkeit, die verschiedenen politischen Interessengruppen gegeneinander auszuspielen, seine Mitarbeiter zu berufen und sie wieder fallen zu lassen, sein Taktieren gegenüber einem widerspenstigen, von Kommunisten und Nationalisten dominierten Parlament, erleichterten es ihm, an einem moderaten Reformkurs festzuhalten. Von einer gefestigten Demokratie ist man in Russland noch weit entfernt. Doch zu eigentlichen sozialen Unruhen ist es nicht gekommen. Der Wille, den territorialen Zusammenhalt zu wahren, ist ungebrochen und es mehren sich Hoffnungszeichen.

Für Osteuropa bedeutet diese Entwicklung, dass der unmittelbare Druck aus Osten nachgelassen hat. In den verschiedenen Ländern geht der Umbau in Richtung Demokratie und Markt weiter und wird von keiner Seite mehr in Frage gestellt, unbeschadet, ob eine Links- oder Rechtsregierung am Ruder ist. Der Pendelausschlag nach rechts erfolgte zuletzt in Polen, während der Sturz des Wunderknaben Klaus in Tschechien der Linken die Chance eröffnet, einen Machtwechsel vorzubereiten, ohne gleichzeitig alle Fundamente abzubrechen. Bisher hat die Demokratie in Osteuropa ihre Probe bestanden.

Linkstrend in Westeuropa

Dieses Wechselspiel von links nach rechts und umgekehrt gehört in den traditionellen Demokratien zum

Alltagsgeschehen. In England war der Sieg von Tony Blair und der Labour Party vorherzusehen. Doch der Umfang des Erdrutsches hat überrascht und dokumentiert, dass der Wähler einen neuen Mann und einen neuen Anfang wünschte. Er hatte genug von der bisherigen Regierungsmannschaft; Sachfragen spielten bei dem Meinungsumschwung eine sekundäre Rolle. Premierminister Blair nutzte seinen Triumph sogleich, um den Friedensprozess in Nordirland voranzutreiben, wobei bisherige Positionen preisgegeben wurden. Erstmals haben sich gemässigte Vertreter der IRA und der Unionisten gemeinsam an einen Tisch gesetzt. Nicht weniger Fingerspitzengefühl wird vom Labourchef verlangt, wenn es darum geht, das Königshaus zu einer grösseren Volksnähe und Offenheit zu bewegen. Die Unsicherheit, welche die Angehörigen des Hauses Windsor nach dem Tod von Prinzessin Diana gezeigt haben, hat der Monarchie sicher geschadet.

Der Regierungswechsel in Frankreich bedeutete eine Überraschung. Die Sozialisten, vor zwei Jahren zu einer Splittergruppe dezimiert, haben ein erstaunliches Comeback erlebt. Da Präsident Chiracs Vorgabe, eine streng gaullistische Politik zu verfolgen, zu Pannen führte, haben die Wähler eine Veränderung erzwungen und Jospin an die Regierungsmacht geführt. Seither wird in Paris die Neuauflage der Cohabitation von beiden Seiten mit grossem Missmut praktiziert.

In Italien zeigt die Mitte-Links-Regierung Prodi ein erstaunliches Stehvermögen. Unter der Führung des Professors aus Bologna hat die wirtschaftliche Erholung grosse Fortschritte gemacht. Der Versuch der Kommunisten, das Rad der Geschichte zurückzudrehen und wieder zum Karussell sich ablösender Regierungen zurückzukehren, wurde rechtzeitig gestoppt. Diesmal war es vor allem die kommunistische Basis, die ihrer Führung bedeutete, sie solle mit dem Unsinn aufhören. Die Neugestaltung des italienischen Regierungssystems, das statt einer Vielzahl Fraktionen zwei sich gegenüberstehende Blöcke links und rechts der Mitte vorsieht, hat sich aber noch nicht durchsetzen können.

Der Bundesrepublik steht dieser Rechts-Links-Entscheid, der den Staat wieder regierungsfähig machen soll, noch bevor. Dieses Land im Herzen Europas, dessen Substanz durch die Wiedervereinigung viel stärker beansprucht wird als vorausgesehen, dieses Deutschland hat im letzten Jahr einen recht peniblen Eindruck hinterlassen. Die Patt-Situation im Bonner Zweikammern-Parlament führte dazu, dass jede Reformtätigkeit blockiert wurde. Das hilflose Agieren der politischen Klasse, inklusive des Regierungschefs, steht in eklatantem Gegensatz zur Dringlichkeit offener Probleme und behindert auch Deutschlands Rolle als führende Wirtschaftsmacht im kommenden Europa.

Hier muss auch die Schweiz erwähnt werden. Die Eidgenossenschaft ist als Folge von verbreiteter Orientierungsschwäche und Unsicherheit der politischen Führung in die grösste aussenpolitische Krise seit Kriegsende gerutscht. Als Auslöser wirkte die erneute

Diskussion über die Rolle der Schweiz im Zweiten Weltkrieg. Der tiefere Grund liegt aber in der Ablösung von lange prägenden Denk- und Urteilsmustern, im Zwang zu einer internationalen Mitwirkung bei gleichzeitiger Neubewertung der Neutralität, kurz, im Abschied vom Sonderfall Schweiz. Verstärkt wird diese Verunsicherung noch durch eine lang anhaltende Rezession, die schmerzhafte Anpassungen nötig macht. Nicht nur die schweizerische Vergangenheit steht auf dem Prüfstand, sondern nicht weniger gefragt ist eine neue Standortbestimmung und die Fähigkeit, den Blick wieder nach vorne und in die Zukunft zu richten.

Das ist um so dringender, als sich auf dem europäischen Feld einiges bewegt. Zwar entwickelt sich die Europäische Union weiterhin nur im Schneckentempo. Die Amsterdamer Akte bringt gegenüber Maastricht kaum einen Fortschritt. Die EU hat in den Bereichen Aussen- und Sicherheitspolitik keine neuen Kompetenzen erhalten. Vor allem ist die grundsätzliche Frage »Konföderation oder Freihandelszone?« nach wie vor nicht beantwortet worden. Aber durch die Osterweiterung und vor allem durch die bevorstehende Einführung des »Euro« haben sich die Länder der EU unter Zugzwang gesetzt. Die Erfüllung der Maastrichter Kriterien beeinflusst die Innenpolitik fast aller europäischen Länder. Sie führt zu Kraftanstrengungen, welche die Zukunft mitbestimmen werden. Allerdings müsste auch dazu gehören, dass auftretende soziale Ungleichgewichte rechtzeitig aufgefangen werden.

Auswirkungen der Globalisierung

In dem Umfang, in dem die Weltwirtschaft sich durch Globalisierung, Deregulierung und Mobilität weiter verändert, wachsen die Rückwirkungen auf das Umfeld der Nationalstaaten. Denn die Vorteile einer solchen weltweiten Öffnung sind in der Öffentlichkeit zahlreicher Industrieländer weniger spürbar als die Nachteile. Globalisierung wird vielerorts als Gefahr für die lokale Wirtschaft, für den Arbeitsmarkt und für den Wohlfahrtsstaat angesehen. Statt Teilnahme an einer globalen Wirtschaftsentwicklung wird der Ausbau oder wenigstens die Erhaltung des Sozialstaates verlangt.

Diese in vielen westlichen Ländern spürbare Irritation wird verstärkt durch einen wachsenden Graben zwischen einem Privatsektor, der stets internationaler wird, und einem öffentlichen Sektor, der sich vornehmlich um Nationales kümmert. Gerade weil die Wirtschaft sich immer stärker internationalisiert, wird der Ruf lauter, ein globales Regelsystem – etwa im Rahmen der WTO – aufzustellen, um der angedeuteten Entfremdung zu begegnen. Die Gefahr, dass auf der einen Seite der globale Markt sich allmählich jeder demokratischen Kontrolle entzieht, während auf der anderen Seite über eine Aufweichung des Sozialsystems spekuliert wird, lässt die Notwendigkeit wachsen, den Dialog zwischen Nationalstaat und dem multinationalen Privatsektor zu intensivieren. Nur so ist ein Mindestmass an Ordnung zu garantieren.

Turbulenzen in Südostasien

Die Turbulenzen in Südostasien mit Ausstrahlung bis nach Japan, aber auch auf andere Schwellenländer und die globale Wirtschaft in ihrer Gesamtheit, sollten hier die Augen öffnen. Die sogenannten »asiatischen Tiger« haben innerhalb eines Jahres viel von ihrem Glanz eingebüsst. Auch die Bewunderung der asiatischen Werte hat sich im Westen merklich abgekühlt, als Vorbild sind sie weniger gefragt. Denn die tief reichende Krise in Südostasien, auch wenn bisher keine sozialen Unruhen ausgebrochen sind, lässt sich nicht allein auf wirtschaftliche Fehlentwicklungen zurückführen. Sie ist auch das Ergebnis von Defiziten in den sozialen Strukturen, die nun im Zeichen der Globalisierung brutal aufgedeckt werden. Sowohl in Indonesien wie auch in Thailand bestehen – trotz der Abhaltung von Wahlen – jene Demokratiedefizite, die eine ausreichende Kontrolle verhindern. Es sind die Auflagen des zu Hilfe geeilten Weltwährungsfonds, die diese Kontrolle, wie auch mehr Transparenz und Wettbewerb, erzwingen sollten.

In die Lücke, die sich auftut, drängt mit Macht China. Rotchina hat im abgelaufenen Jahr deutlich an Gewicht gewonnen. Einmal wurde die Nachfolge des verstorbenen grossen alten Führers Deng geregelt. Neuer starker Mann in Peking ist Jiang Zemin. Seine Ära erlebte als einen ersten Höhepunkt die Rückkehr der britischen Kronkolonie Hongkong in den Reichsverband. Die Übergabe erfolgte in einem würdigen Rahmen, aber das kann nicht darüber hinwegtäuschen, dass weder die Bevölkerung darüber befragt wurde, noch dass der Abbau westlich-liberaler Errungenschaften aufzuhalten ist.

Mit dem Besuch Jiang Zemins in den USA ist unübersehbar geworden, dass China einen grossen Schritt in Richtung einer gleichberechtigten Führungsmacht getan hat. Um diese Anerkennung zu erreichen, hat der rote Partei- und Staatschef von den Maximen rotchinesischer Politik, nämlich ein geschlossenes Herrschaftssystem bei einer offenen Wirtschaft, nichts preisgeben müssen. Das gilt auch für die Starrheit in Menschenrechtsfragen.

Einzige Globalmacht

In den Vereinigten Staaten hat die zweite Amtsperiode Präsident Clintons im Zeichen eines anhaltenden Wirtschaftsbooms begonnen. Die grosse Republik nimmt nach wie vor ihre weltpolitischen Aufgaben wahr. In Bosnien wie im Kongo, in Korea und im Mittleren Osten glaubt man, ohne die ordnende Hand der USA nicht weiterkommen zu können. »God's own country« ist gegenwärtig die einzige Globalmacht, die nicht mehr durch eine andere Supermacht oder durch ihre Verbündeten an die Grenze der Suprematie erinnert wird, sondern nur durch Selbstdisziplin und Selbstkontrolle. Fast zwangsläufig bestimmt daher die amerikanische Innenpolitik immer stärker die aussenpolitischen Entscheidungen. Als Beispiel mag die Wahl des neuen Generalsekretärs der Uno dienen, die auf

Wunsch Washingtons erfolgte, ohne dass jedoch seither der Druck auf die Weltorganisation nachgelassen hätte. Präsident Clinton führt entsprechend seinem Charakter weniger eine aktive als eine reaktive Aussenpolitik, was häufig Irritation unter den Verbündeten hervorruft. Auch wenn die Vereinigten Staaten bisher stets ihre Aufgabe als Ordnungsmacht und Stabilisator übernommen haben, steht nirgendwo geschrieben, dass sie diese Rolle auf immer zu spielen gedenken.

Der Mittlere Osten ist weiterhin instabil. Im israelisch-palästinensischen Konflikt bewegt sich kaum etwas. Seit der Unterzeichnung des Hebron-Abkommens ist der Friedensprozess fast zum Erliegen gekommen und alle Wiederbelebungsbemühungen haben bisher nichts gefruchtet. Auf der einen Seite ist es die Heterogenität und Schwäche der israelischen Regierung unter Netanyahu, die alle Fortschritte blockiert, und auf der anderen Seite bremst der autokratische Führungsstil Arafats, der keineswegs der grosse Volksführer ist, der er sein möchte, jede Bewegung.

Die Stagnation in der Mittelostpolitik ist Wasser auf den Mühlen der Extremisten jeglicher Couleur. Am schärfsten tritt diese in Algerien zutage, wo die Frustration einer an den Rand gedrückten Bevölkerungsgruppe zu Mordexzessen führt. Da nützen auch Wahlen nichts, die dem Regime eine Legitimation verleihen soll. Das Land befindet sich im Würgegriff der Gewalt. Die Terroraktion in Luxor, bei der auch zahlreiche Schweizerinnen und Schweizer ihr Leben verloren haben, zeigt ebenfalls, dass auch in Ägypten die Lage instabil ist. Präsident Mubarak hat bei seinem Kampf gegen die Islamistische Opposition (die ja auch seinen Vorgänger umgebracht hat) den schmalen Weg zwischen Repression und Öffnung noch nicht gefunden.

Aggressiver Islamismus

Die Welle des militanten Islamismus ist im Zunehmen begriffen. Darüber kann auch nicht hinwegtäuschen, dass in der Türkei die islamistische Regierung von einer gemässigteren Koalition abgelöst worden ist. Während Ankara nun wieder verstärkt den Anschluss an Europa sucht, wird der Krieg in Kurdistan mit aller Härte weiterführt. Im Irak hat die Zurückhaltung der USA im Mittelostkonflikt den alten Diktator Hussein dazu ermutigt, die Fesseln des Waffenstillstandes abzuschütteln. In der mutwillig vom Zaun gebrochenen Konfrontation mit der Uno und den USA ist deutlich geworden, dass die Golfallianz des Jahres 1990 zerbrochen ist, so dass der Alleinherrscher in Bagdad nun weiss, wo er den Keil ansetzen kann.

Eine entgegengesetzte Entwicklung ist im Iran eingetreten, wo die Bevölkerung langsam genug vom Mullah-Regime bekommt. Ein gemässigter Präsident wurde gewählt. Das bedeutet noch lange nicht ein Abdanken der Islamisten, doch ermöglicht es, dass der Iran aus seiner Isolation heraustritt und eine Rolle als regionale Führungsmacht spielen kann. Nicht nur das benachbarte Afghanistan, wo den Taliban Halt geboten werden soll, sondern die ganze Region zwischen Kaukasus und Himalaja wird als Interessengebiet angesehen. Noch liegt Zentralasien in einem machtpolitischen Vakuum, doch China, Russland, die USA, die Türkei, der Iran und andere islamische Staaten beginnen sich für diese Region zu interessieren, wobei vor allem die unermesslichen Ölreserven rund um das Kaspische Meer locken. Das grosse Pokerspiel, bei dem auch die Ölmultis aus England und Frankreich mitreden wollen, hat bereits begonnen.

Afrika im Rückstand

Afrika ist in das globale Spiel zwischen Washington, Peking, Moskau und Brüssel kaum einbezogen. Der »schwarze Kontinent« spielt eine eher passive Rolle, auch wenn dort exzessive Ausbrüche, Revolten, Naturkatastrophen oder Hungersnöte ausserordentliche Ausmasse annehmen können. Die Rassenkriege in Rwanda und Burundi haben auf den Kongo übergegriffen und dort die Bereicherungsdespotie Mobutus hinweggefegt. Ob der neue Mann Kabila das riesige, ausgeplünderte Land in ruhigere Fahrwasser führen wird, bleibt eine offene Frage, solange sozial-ethnische Fragen hinter Wirtschaftsinteressen zurücktreten.

Im Gefolge des Umsturzes in Kinshasa ist auch in Kongo-Brazzaville ein Wechsel eingetreten, wobei auswärtige Mächte eine entscheidende Rolle gespielt haben. Während Zentralafrika von Liberia über Ghana und Sierra Leone bis Nigeria nach wie vor als instabil zu gelten hat, geht Südafrika den Weg der inneren Festigung. Die Transformation von einem Apartheidstaat zu einer afrikanischen Regionalmacht verläuft, wenn auch unter grossen Verwerfungen, stetig. Das Gewicht des Landes ist im Zunehmen begriffen und wird im Afrika südlich der Sahara immer spürbarer.

Labiles Südamerika

In Südamerika hat das Ende des kalten Krieges zu einem Verlust an strategischem Gewicht, gleichzeitig aber zunehmender wirtschaftlicher Potenz geführt. In den vergangenen zehn Jahren hat sich in allen Ländern südlich des Rio Grande – mit Ausnahme Kubas – die Demokratie durchgesetzt. Wirtschaftlich geht es fast überall aufwärts. Allerdings zeigten die letzten Monate, dass vor allem die Währungsstabilität noch auf schwachen Füssen steht. Dagegen ist das soziale Gefüge und das Armutsproblem nirgends richtig angepackt worden. Das gilt für Brasilien genauso wie für Argentinien und Venezuela. Eine Rückkehr zur Militärdiktatur wird als wenig wahrscheinlich angesehen, vorausgesetzt, dass der Bogen der Rechtsstaatlichkeit wie etwa in Peru durch Präsident Fujimori nicht überspannt wird.

Die ökonomischen Reformen der ersten Runde, die in Chile, Brasilien und Argentinien am konsequentesten durchgeführt wurden, haben bisher nicht zu einer sozialen Verbesserung bei der breiten Bevölkerung geführt. Gesundheits- und Bildungswesen sowie eine unabhängige Justiz werden nicht immer genügend als Grundlage eines modernen Staates angesehen. So besteht weiterhin die Gefahr, den Kampf gegen Diktatur und Militarismus zu gewinnen, jedoch den Krieg gegen die Armut zu verlieren. Das Fundament der südamerikanischen Demokratie ist noch nicht gefestigt.

1998

Im Zeichen Europas

Wer erinnert sich noch an die Zeit, als in Wirtschaft und Politik (vor allem in der Bundesrepublik) homerische Debatten über das magische Dreieck geführt wurden, über das vergebliche Bemühen der Regierungen, Vollbeschäftigung, Währungsstabilität und eine ausgeglichene Zahlungsbilanz unter einen Hut zu bringen? Gelungen ist es niemals. Die gegenwärtigen politischen Auseinandersetzungen erinnern in vielem an die damaligen Diskussionen. Wieder ist man auf der Suche nach einem Gleichgewicht, nur tritt diesmal als dritter Faktor zu Beschäftigungspolitik und Währungsstabilität die Globalisierung hinzu. Der Versuch, die divergierenden Kräfte des wirtschaftlichen und gesellschaftlichen (sozialen) Lebens in Einklang zu bringen, hat eine neue Dimension erreicht.

So sind die Auswirkungen der Globalisierung im abgelaufenen Jahr erstmals voll ins öffentliche Bewusstsein getreten und haben weitherum zu Irritation geführt. Neben den offensichtlichen Vorteilen einer zunehmenden Internationalisierung von Handel und Produktion sowie der Liberalisierung des Kapitalverkehrs sind auf der anderen Seite die Schwachstellen und Nachteile der Globalisierung fühlbar geworden und beschäftigen zunehmend auch die politischen Ebenen. Die Auswirkungen der Finanzkrise in Ostasien, wo sich das strotzende Selbstbewusstsein der Tigerstaaten in grauen Katzenjammer aufgelöst hat, sind wie eine Flutwelle nach einem Erdbeben rund um die Erde gewandert und haben dem latenten, weltweiten Unbehagen neue Nahrung gegeben. Die Abwehrreflexe haben zugenommen. In Ländern mit schwachen demokratischen Strukturen führten unkontrollierte Reaktionen zu sozialen Unruhen, so in Indonesien, wo der Alleinherrscher Suharto das Feld räumen musste, oder in Malaysia, wo durch Abschottung und Isolation einer inneren Explosion vorgebeugt werden soll.

Linkswelle in Europa

In demokratischen Ländern besteht dagegen das Ventil der Wahlen, bei denen die Bürger ihre Ohnmacht und die Angst vor den rasanten Veränderungen in der Welt zum Ausdruck bringen können. Die ausgeprägte Linkswelle in Europa, die vom Nordkap bis Sizilien reicht, hat – selbst wenn andere Faktoren mitspielen – hier eine ihrer Ursachen. Es ist das adäquate Mittel des Wählers, sein Unbehagen zu zeigen, sofern er nicht wie in Indonesien auf die Strasse gehen will.

Beim Machtwechsel in Deutschland, der in seinem Ablauf ein Reifezeichen für die deutsche Demokratie darstellt, kam der Wunsch nach einem Wechsel der Führungsmannschaft hinzu. Die Wahlparole des späteren Siegers, Gerhard Schröder, nichts grundsätzlich verändern, sondern alles nur besser machen zu wollen, erleichterte den Entscheid. Der Start der neuen rotgrünen Regierung erfolgte allerdings recht holperig, da offenbar die Macht des Faktischen von den neuen Männern unterschätzt worden war. Wie eine Politik der »neuen Mitte« aussehen soll, wenn veraltete Vorstellungen überhandnehmen, muss noch gezeigt werden.

Einen Linksruck hat es auch in Tschechien gegeben, wo die Regierung Klaus abgewirtschaftet hatte. In Italien ist der Linksliberale Prodi vom Linkssozialisten D'Alema abgelöst worden; dieser will die im ganzen erfolgreiche Politik der letzten Jahre fortsetzen. Dem Zeitgeist entsprechend ist in Schweden und in den Niederlanden den Sozialdemokraten das Regierungsmandat verlängert worden. Und da auch die Premierminister Blair in England und Jospin in Frankreich fest im Sattel sitzen, können sie das ihre dazu beitragen, die europäische Linksphalanx im Gleichschritt zu halten. Es wird interessant sein zu beobachten, wie unter linken Vorzeichen die Balance zwischen Währungsstabilität, Arbeitsbeschaffung und Globalisierung erreicht werden soll.

Einführung des Euros und Osterweiterung

Dazu kommt noch ein weiterer Unsicherheitsfaktor: am 1. Januar des kommenden Jahres wird der Euro eingeführt. Die Verbindlichkeitserklärung der neuen europäischen Währung wirft bereits jetzt breite Schatten voraus. Auf der einen Seite schwelt die Ungewissheit vor dem Unbekannten, dem Neuen, während andererseits ein kräftiger Innovationsschub erhofft wird. Die Kraftanstrengung fast aller europäischen Länder, die Maastricht-Kriterien zu erfüllen, ist eine gute Voraussetzung für das Gelingen des grossen Experiments. Aufgabe der neuen Europäischen Zentralbank, die ihren Sitz in Frankfurt aufgeschlagen hat, wird es sein, ein Nachlassen der finanzpolitischen Disziplin zu verhindern. Einen ersten Test, die Standfestigkeit ihres derzeitigen Chefs, des Holländers Duisenberg, zu prüfen, hat sie erfolgreich bestanden.

Parallel zum Aufbau eines währungspolitischen Fundaments wird die EU-Osterweiterung geplant. Sechs Länder sind eingeladen worden, mit den Vorbereitungen für eine Integration in die Europäische Union zu beginnen. Stolpersteine liegen vor allem auf der politischen Ebene, wo das ungelöste Zypern-Problem der Türkei eine Veto-Möglichkeit eröffnet. In diesem Zusammenhang kann auch die Schweiz erwähnt werden, die von ihrer ursprünglichen Haltung, die Veränderungen in Europa einfach zu ignorieren, abgekommen ist und sich nun bemüht, mit der Union mehr oder weniger im Gleichschritt zu marschieren. Der Abschluss des bilateralen Abkommens nach mehrjährigen Verhandlungen honoriert und widerspiegelt diese Umorientierung. Vor allem das Transit-Abkommen bietet der Schweiz eine Chance, mit ihrer fortschrittlichen Verkehrspolitik eine Vorreiterrolle in Europa zu übernehmen.

Einen Lichtpunkt in der europäischen Szenerie stellt die Entwicklung in Nordirland dar. Der Friedensprozess trägt seine Früchte. Mit leichtem Druck von aussen sind die Kontrahenten über ihren Schatten gesprungen und haben die religiös-ideologische Streitaxt beiseite gelegt. Die Bereitschaft, gemeinsam Verantwortung zu übernehmen und die Bereitschaft zur Zusammenarbeit in übergreifenden Institutionen lassen trotz Querschüssen von Extremisten in beiden Lagern die Aussicht auf ein friedliches Zusammenleben wachsen, auch wenn ein langer Atem notwendig sein wird. Eine Ausstrahlung der nordirischen Wende ist bereits im Baskenland spürbar, wo nach Ausrufung eines Waffenstillstands die Gesprächsbereitschaft zwischen Separatisten und der Zentralregierung in Madrid grösser geworden ist.

Die Situation auf dem Balkan lässt einen vergleichbaren Optimismus nicht zu. Der Zwangsfriede in Bosnien funktioniert nur unter militärischer Aufsicht. Und der Konflikt um die von Albanern bewohnte, serbische Provinz Kosovo ist von einer Lösung weit entfernt. Es sind die Amerikaner, die mit dem Knüppel der Nato eine Atempause erzwungen haben und nun Vernunft predigen. Bisher allerdings mit wenig Erfolg. Auch hier sind historische Erinnerungen und demographisch-soziale Veränderungen nur schwer in Einklang zu bringen.

Amerikas Rolle in der Welt

Auch im Mittleren Osten haben die Amerikaner das letzte Sagen. Die Umsetzung des israelisch-palästinensischen Vertrages von Oslo erfolgte sehr schleppend, und es bedurfte des auf amerikanischen Druck hin abgeschlossenen Abkommens vom Wye River, um dem Friedensprozess neues Leben einzuhauchen. Die Politik der Likud-Regierung in Israel, einen Modus vivendi mit den Palästinensern hinauszuzögern und das Prinzip der Oslo-Vereinbarung »Land gegen Frieden« zu unterlaufen, spiegelt die gegenwärtigen Machtverhältnisse im Vorderen Orient wider und zielt darauf hin, die Gründung eines lebensfähigen Palästinenserstaates zu verhindern oder zumindest hinauszuzögern.

Das Wort der Vereinigten Staaten als einzige Weltmacht hat nach wir vor grosses Gewicht, auch wenn nicht übersehen werden kann, dass Washington aussenpolitisches Kapital zu verspielen scheint. Zu häufig vermittelt die amerikanische Aussenpolitik den Eindruck von Konzeptlosigkeit und Kurzatmigkeit, so etwa gegenüber dem Irak, in Afghanistan, gegenüber den Atommächten Indien und Pakistan, aber auch gegenüber Russland. Dieses Nachlassen der Führungskraft ist letztlich die Konsequenz davon, dass Präsident Clinton als Innenpolitiker angetreten war, mit dem Ziel, Amerika wirtschaftlich in Schwung zu halten und den amerikanischen Unternehmen neue Märkte zu öffnen. Dieser Maxime wurden andere Wertvorstellungen untergeordnet. Die Verteidigung der Menschenrechte wird selektiv gehandhabt. So wird China zu einem respektablen Partner aufgewertet, und auch im Umgang mit den afrikanischen »Partnern« wird die politische Zielsetzung der wirtschaftlichen untergeordnet.

Die fehlende Kohärenz in der amerikanischen Aussenpolitik wirkt um so irritierender, als der amerikanische Präsident selber durch seine zahlreichen Skandale an Glaubwürdigkeit verloren hat. Es wirft Fragen auf, wenn Wohlstand Priorität vor Freiheit und Sicherheit erhält. Amerikas Vorrangstellung beruht nicht nur auf militärischer Macht, sondern auch auf dem überlegten und geschickten Einsatz politischer Mittel. Und dazu gehört auch die Glaubwürdigkeit.

Die Schockwelle aus Ostasien hat vor allem auch Russland getroffen und das Land weit zurückgeworfen. Die Finanzkrise legte nicht nur die schwache Verankerung der Marktwirtschaft bloss, sondern liess die Frage offen, ob die staatlichen Institutionen eine notwendige Stabilität garantieren können. Russland hat sich in den vergangenen zehn Jahren atemberaubend verwandelt, hält aber gleichzeitig zäh am Überkommenen fest. Der Zickzackkurs von Präsident Jelzin, dessen vorsichtige Reformpolitik immer mehr Rücksicht nimmt auf übermächtige Traditionen aus der Zaren- und Sowjetzeit, lässt Zweifel am Erfolg seiner Bemühungen aufkommen. Seine Machtstellung hat schwere Einbussen erlitten und bereits werden die Positionen im Kampf um seine Nachfolge bezogen. Dabei suchen die Kandidaten Rückhalt in den Provinzen und Regionen, die als Folge wirtschaftlicher Autarkie grösseren Einfluss gewinnen. Eine gewisse Regionalisierung des Riesenreiches ist unverkennbar. Die Umgestaltung Russlands und die Eingliederung in eine veränderte Welt schreiten viel langsamer voran als erhofft und bergen noch manche Überraschung.

Die Gespräche des Westens mit Moskau über die gegenseitigen Beziehungen beginnen, sich diesen Gegebenheiten anzupassen.

Auch die Länder rund um Russland sind auf der Suche nach einer eigenen Identität, nach adäquaten Staatsformen und nach einem inneren Gleichgewicht. In Weissrussland feiern eine autoritäre Staatsauffassung und kommunistische Methoden fröhlich Urständ. Die Ukraine versucht Distanz zu Moskau zu halten und sich dem Westen anzunähern, aber die Suche nach einem eigenen Weg wirkt recht diffus. Auch den Ländern und Regionen des Kaukasus mangelt es an Kohärenz, und der Anschluss an die moderne Welt bleibt fragmentarisch.

Krisenregion Zentralasien

Die Ölfunde rund um das Kaspische Meer lassen die angrenzenden Länder bis hinein nach Zentralasien näher rücken. Dort versuchen nicht nur die Regionalmächte Iran und Türkei ihren Einfluss auszudehnen, sondern hier überkreuzen sich auch die Interessen der USA, Russlands, Chinas und Indiens. Alle wollen vom künftig sprudelnden Segen profitieren, doch die Öldollars beginnen erst zu fliessen, wenn ein Minimum an Sicherheit und Stabilität vorhanden ist. Davon ist man noch weit entfernt. Der Bürgerkrieg in Afghanistan ist noch nicht zu Ende. Auch im Iran ist der Machtkampf zwischen den Mullahs und den Reformern, die Anschluss an den Westen suchen, nicht entschieden. Die Türkei ist im Kurdenkrieg verstrickt; der Irak bleibt weiterhin unberechenbar. Alles in allem, eine Krisenregion mit vielen Unwägbarkeiten.

Auf der anderen Seite der Welt, in Lateinamerika, hat der Demokratisierungsprozess weitere Fortschritte gemacht. So sind in fünf Ländern die Präsidenten und die Parlamente neu bestimmt worden: in Paraguay, Kolumbien, Ecuador, Venezuela und Brasilien. Sicher hat südlich des Rio Grande die Demokratie noch nicht jenen Reifegrad gefunden, den sich Puristen wünschen. So dient in Peru die eigenwillige Interpretation der Verfassung durch Präsident Fujimori eher der Sicherung seiner Macht und nicht der Demokratie. In Kolumbien droht der Krieg gegen die Drogen zu einem Fiasko zu werden und verleiht der Guerillabewegung neuen Auftrieb. Und auch das Satyrspiel um den ehemaligen chilenischen Diktator Pinochet berührt eigenartig. Das Einstehen chilenischer Demokraten für den General entspringt dem achtenswerten Willen, aus eigener Kraft zu einer »echten« Demokratie zu finden. Trotz aller Umwege ist der Wunsch unverkennbar, die politische Modernisierung voranzutreiben und wirtschaftliche Reformen durchzusetzen. Der Durchbruch nach vorne überzeugt jedoch erst dann, wenn – und das gilt für eine Reihe von Ländern – die Auseinandersetzung mit der unbewältigten Vergangenheit mit Nachdruck weitergeführt wird.

Das trifft auch für Zentralamerika zu, wo die Entwicklungslinien keineswegs immer parallel laufen. In Mexiko sind die Zapatisten nach wie vor in Auflehnung gegen die Staatsgewalt und stellen die Einheit des Staates in Frage. Ohne die Respektierung der Kultur und der Rechte der eingeborenen Bevölkerung wird eine Beruhigung auf Dauer nur schwer zu erreichen sein. In Kuba regiert unbeeindruckt von den Veränderungen in der Welt das versteinerte Relikt aus einer vergangenen Zeit. Vor dem Abtreten des Lider Maximo ist eine Wende kaum zu erwarten. Ganz anders in El Salvador, wo der Friedensprozess auf einige Erfolge zurückblicken kann. Schwer getroffen hat es dagegen eine Reihe kleiner Länder, wo die Naturgewalten Verheerungen angerichtet und in den betroffenen Gebieten die Entwicklung um Jahrzehnte zurückgeworfen haben.

Auch in Afrika bekundet man grosse Mühe mit der Demokratie. Die »mündigen« Wähler sind noch oft eingebunden in traditionelle Wertmuster und Verhaltensweisen. Grossfamilie und Ethnie stehen im Mittelpunkt und sind den Interessen des Staates übergeordnet. Das Nebeneinander verschiedener Loyalitäten öffnet der Korruption und der politischen Manipulation Tür und Tor. Sie stehen der Konsolidierung der Demokratie im Wege und erleichtern die Rückkehr »starker Männer«. So versuchen etwa in Senegal und in Namibia die Regierenden durch Verfassungsänderungen die Amtszeitbeschränkung aufzuheben und die bestehenden Machtverhältnisse unter Ausschaltung der Opposition zu zementieren.

Forcierte Afrikanisierung

In Südafrika wird die forcierte Afrikanisierung der Wirtschaft, bei der politische und demographische Kriterien häufig über der fachlichen Qualifikation rangieren, als ein Akt der Demokratisierung hingestellt, doch führt dieses überstürzte Vorgehen in vielen Bereichen des öffentlichen Lebens zu einer Senkung des Niveaus. Jede Abkürzung im langwierigen Ausbildungsgang muss sich bald als ein Irrweg herausstellen. Schwachstellen in Staat und Wirtschaft werden zu häufig noch als Folge der Apartheid betrachtet und den Weissen in die Schuhe geschoben.

In Kongo-Zaire scheint sich die Geschichte zu wiederholen. Kaum dass sich Präsident Kabila nach seiner erfolgreichen Rebellion gegen Mobutu in Kinshasa etabliert hat, wird gegen ihn und sein Regime wiederum geputscht, wobei die gleichen Beschuldigungen erhoben werden. Nur mit ausländischer Hilfe konnten die Aufständischen zurückgeworfen werden. Aber alle Anläufe zu einer diplomatischen Lösung der Krise blieben bisher erfolglos.

In Nigeria schliesslich, dem bevölkerungsreichsten Land des Schwarzen Kontinents, hat sich nach dem überraschenden Tod des Präsidenten Abacha und der Ernennung von General Abubakar zum Nachfolger das politische Klima augenfällig verändert. Die Voraussetzungen für die Rückkehr der Militärs in die Kasernen und die Übergabe der Verwaltung an zivile Organe sind nicht schlecht.

1999

Am Ende des Jahrtausends

Der Rückblick auf das Jahr 1999 fällt zusammen mit der Einschätzung und Bewertung eines abgelaufenen Jahrhunderts. Gerade beim Übergang in das 21. Jahrhundert können wir nicht einfach darüber hinweggehen, dass zahlreiche Probleme des abgelaufenen Säkulums noch immer auf eine Lösung warten, weil dahinter die geschichtlichen Kräfte des 19. Jahrhunderts, also der Urgrossväterzeit, noch immer virulent sind und das politische Geschehen unserer Tage beeinflussen oder gar hemmen.

Niemand wird bestreiten, dass die Ideale und Zielsetzungen der Achtundvierziger-Generation und ihrer liberalen Vordenker und Praktiker auch heute noch weiter leben und unser Zusammensein bestimmen. Doch ebenso wahr ist, dass auch Nationalismus, Marxismus, naturwissenschaftlicher Determinismus oder Rassenkunde in dieser Epoche wurzeln. Diese Ideen und Vorstellungen wuchern weiter, obwohl ihre verheerenden Auswirkungen bereits Geschichte sind. Noch immer beeinflussen Ideologien, Überzeugungen und Feindbilder, die vergangenen Zeiten entstammen, Entscheidungen unserer Tage, obwohl längst moderne Formen der Konfliktaustragung und des Interessenausgleichs entwickelt worden sind.

In der demokratischen Welt ist es keine Seltenheit, dass im politischen Streit die einen auf Leitbilder der Vergangenheit zurückgreifen und am Bestehenden festhalten, die anderen Ideale und Vorstellungen entwickeln, die sich an der Zukunft orientieren. Wo ein Ausgleich nicht mehr möglich scheint, droht immer wieder eine Pattsituation, die auf eine politische Erstarrung hinausläuft. (Ein Blick nach Österreich oder Tschechien ist hier aufschlussreich.) Nicht selten entstehen in dieser Situation neue Koalitionen »jenseits von links und rechts«, die bisherige Konstellationen zu überlagern oder gar zu ersetzen beginnen. Gruppierungen, die eher nach vorne und in die Zukunft blicken, schliessen sich zusammen – entweder auf Zeit oder auf Dauer – und suchen sich gegenüber den Bisherigen abzugrenzen.

Das wird auch bei der Beurteilung von Phänomenen wie Liberalisierung, Globalisierung, Flexibilität sowie politischen und wirtschaftlichen Zusammenschlüssen deutlich. Jede Veränderung birgt Chance und Gefährdung zugleich. Es kommt nun darauf an, was wir schwerer gewichten, wofür wir uns entscheiden. Nicht links oder rechts lautet hier die Frage, sondern wem messen wir Priorität zu: Risiko oder Sicherheit, Chance oder Bedrohung. Die Antwort darauf wird unsere Zukunft bestimmen. Unter diesen Aspekten die Weltpolitik zu betrachten, entbehrt nicht eines gewissen Reizes. Ein veränderter Blickwinkel wird so möglich, der neue Einsichten vermitteln kann.

Der Krieg im Kosovo bietet hier gutes Anschauungsmaterial. Nach den mörderischen Erfahrungen, die Europa im 20. Jahrhundert machen musste, war der

Ausbruch eines militärischen Konfliktes dieser Art in der europäischen Nachbarschaft nicht für möglich gehalten worden. Während der Verhandlungen in Rambouillet, die dem Luftkrieg vorangegangen waren, musste die westliche Welt zur Kenntnis nehmen, dass hier unvereinbare Vorstellungen über das Zusammenleben der Völker, über die Behandlung von Minderheiten und nationale Identität aufeinanderprallten. Der Versuch, den serbischen Präsidenten Milosevic zu einer Verhandlungslösung zu bewegen, scheiterte jämmerlich. Was sich im demokratischen Westen immer wieder bewährt hatte, durch zähes und schrittweises Aushandeln von Gegensätzen zu einer Kooperation zu gelangen, stiess auf blindes Unverständnis. Das moderne Konzept eines Europas gleichberechtigter Bürger, das durch gemeinsame Wertvorstellungen und durch eine gemeinsame Rechtsordnung weiterentwickelt werden soll, traf auf dem Balkan auf archaische Bilder eines mittelalterlichen Selbstverständnisses, auf Träume von nationaler Grösse, auf ethnische und religiöse Glaubenssätze, die andernorts in Europa vergangenen Zeiten zugeordnet sind.

Im Westen ist eine grosse Mehrheit der Bevölkerung der Überzeugung, dass im Kosovo ein gerechter Krieg zur Wahrung der Menschenrechte geführt wurde. 79 Tage Luftattacken haben das Regime in Belgrad zum Nachgeben gezwungen, obwohl das eigentliche Kriegsziel, den serbischen Terror durch Luftangriffe zu stoppen, verfehlt wurde. Ein Stabilitätspakt für Südosteuropa, an dem sich neben der EU auch OSZE, Weltbank und Währungsfonds beteiligen, soll über politische Reformen und wirtschaftliche Entwicklung die gesamte Region befrieden und schliesslich in Europa integrieren. Sicher braucht dieses ehrgeizige Projekt viele Jahre, wenn nicht Jahrzehnte. Inzwischen geht die Diskussion weiter, ob ein absolutes Gewaltverbot oder das Recht zu humanitärer Intervention Vorrang hat, genau wie der Streit, ob Kriege durch Luftangriffe allein beendet werden können.

Russlands Krieg im Kaukasus

Auch im Kaukasus wird Krieg geführt. Hier ist es die Berufung auf vergangene Grösse, durch die sich Russland berechtigt fühlt, gegen ein kleines Bergvolk – oder nach russischer Version gegen eine rebellierende Region im eigenen Staatsverband – militärisch vorzugehen. Sicher spielen bei diesem Konflikt verschiedene Faktoren mit: Freiheitswille und Selbstbestimmung, aber auch religiöser Machtwahn und archaisches Stammesdenken. Dazu gehört auch der Terror, die moderne Waffe der Kleinen. Die russische Reaktion darauf verliert sich jedoch in der Masslosigkeit einer Grossmacht im Niedergang. Den Krieg im Kaukasus, der Formen einer ethnischen Vertreibung aufweist, betrachtet Moskau als eine innere Angelegenheit. Jeder Versuch einer Vermittlung wird strikte abgelehnt, obwohl Russland den einschlägigen Konventionen über die Menschenrechte zugestimmt hat.

Moskau beansprucht für sich den Status einer Grossmacht erster Ordnung, der sich aber nur noch mit dem Besitz von Atomwaffen begründen lässt. Wirtschaftlich und auf wissenschaftlichem Felde kann Russland nicht mithalten; in einigen Bereichen gleicht es bereits einem Entwicklungsland. Gleichzeitig betrachtet sich Russland als Europa zugehörig, ohne jedoch das heutige europäische Konzept der Partnerschaft von Gleichberechtigten ohne jede Dominanz zu akzeptieren. Die Ungewissheit über die Zukunft Russlands, hervorgerufen durch die Schwäche der staatlichen Institutionen, verstärkt durch die Krankheit eines sprunghaften Präsidenten und die Unsicherheit über seine Nachfolge, die abnehmende Reformbereitschaft und die Misswirtschaft, lassen das grosse Land im Osten Europas zu einem Unsicherheitsfaktor werden und komplizieren die gegenseitigen Beziehungen. Das Dilemma in der Frage, ob Russland finanziell unterstützt werden soll oder nicht, ist nur ein Indiz für die Fragezeichen über Russlands Rolle im 21. Jahrhundert.

Laufend anstehender Reformbedarf in Europa

Während die Veränderungen rund um den Erdball, verstärkt durch krisenhafte Explosionen, mit unvermindertem Tempo weiter ablaufen, bewegt sich Europa in langsamer Stetigkeit. Zwar hat die Einführung des Euros die Stärke des Gemeinschaftsgedankens erneut bewiesen, doch hat die Krise in der Brüsseler Kommission, wo offenbar die Kontrolle der Verwaltung nur lässig ausgeübt wurde, Schwächen der EU-Institutionen zutage treten lassen. Die Krise ist überraschend schnell durch die Wahl des früheren italienischen Ministerpräsidenten Romano Prodi zum neuen Präsidenten der Kommission beigelegt worden. Durch die Wahl des vormaligen spanischen Aussenministers Javier Solana, ausgewiesen als bewährter Nato-Generalsekretär, zum Koordinator einer europäischen Aussen- und Sicherheitspolitik, wurde ein erster Schritt gemacht, um die im Kosovo-Krieg offen gewordenen Mängel im Verteidigungsbereich zu beheben. Prodi und seine Mannschaft sollen der Europäischen Union neue Impulse verleihen. Das zentrale Problem der Anpassung der EU-Institutionen an veränderte Verhältnisse im Hinblick auf die Osterweiterung ist bisher nur zögernd in Angriff genommen worden.

In diesem Zusammenhang ist immerhin bemerkenswert, dass die Verwerfungen im vergangenen Jahr zu einer Stärkung des Europäischen Parlaments in Strassburg geführt haben. Es erhält grössere Mitsprache und kann vermehrt Kontrollaufgaben übernehmen. Bemerkenswert ist darüber hinaus, dass sich das Entscheidungszentrum in Europa von der Achse Paris–Bonn (Berlin) in Richtung Rom, Paris, Madrid, London fortzubewegen scheint. Die wichtigsten Initiativen für eine Weiterentwicklung der Europäischen Union kommen zur Zeit aus diesen Hauptstädten.

Verpasste Modernisierung in der Bundesrepublik

In Deutschland ist der Umzug der Regierung vom Rhein an die Spree abgeschlossen worden, ohne dass dadurch Ost und West merklich näher gerückt wären. Das Zusammenwachsen der beiden Teile Deutschlands wird noch viel Zeit benötigen. Die Wandlung der Bonner in die Berliner Republik fiel zusammen mit dem ersten Regierungsjahr der rot-grünen Koalition unter Gerhard Schröder. Die hochgespannten Erwartungen auf einen tiefgreifenden Wandel wurden in keiner Weise erfüllt. Der penible Zickzackkurs der neuen Regierung war Folge mangelnder Vorbereitung während der Zeit der Opposition. Vor allem rächte es sich jetzt, dass in der SPD die Grundsatzdebatte über die Ziele und das Aussehen einer modernen Linkspartei immer wieder verschoben wurde, anders als in England, den Niederlanden oder in Schweden. Zum Schaden der Regierungsarbeit wird diese Unterlassung jetzt in Form eines Richtungsstreits über den politischen Kurs nachgeholt.

Frankreich steht diese Ausmarchung noch bevor. Die Sozialisten pflegen hier im Schatten der Cohabitation und dank des Niedergangs der Gaullisten ein bequemes Regieren im Zeichen einer aufblühenden Konjunktur. Präsident Chirac wiederum ist nach wie vor auf der Suche nach einem angemessenen Platz seines Landes innerhalb Europas und in der Welt. In Grossbritannien hingegen realisiert New Labour ungestört von parteiinternen Zwisten ihr Programm. Die Regionalisierung und damit Demokratisierung des

Vereinigten Königreichs hat weitere Fortschritte gemacht. In Nordirland hat Beständigkeit und Pragmatismus eine Friedensregelung näher gebracht. Die neue Konzeption des Oberhauses wirft keine grossen Wellen. Und im Kosovo-Konflikt hat der frankophile Premierminister Tony Blair zusammen mit Frankreich eine bemerkenswerte Führungsrolle übernommen. England meldet sich in Europa zurück.

In den Ländern Europas, von Gibraltar bis nach Galizien, verteilen sich Reformwille und Reformbereitschaft sehr verschieden. Stagnation und Sicherheitsdenken können gelegentlich nur durch äusseren Druck gebrochen werden. Erinnert sei hier an die Rosskur, die Italien durch Regierungschef Romani Prodi verordnet worden war, oder an die Türkei, wo das verheerende Erdbeben sowohl die Innen- wie die Aussenpolitik verändert hat. Die spontane und effiziente Hilfe aus den europäischen Nachbarländern stand im krassen Gegensatz zur Hilflosigkeit von Behörden und Armee. Nachbarschaftshilfe und internationale Solidarität triumphierten über Engstirnigkeit und nationale Voreingenommenheit. Die Türkei, durch Kurdenkrieg und nationalistisches Gebaren isoliert, signalisierte Gesprächsbereitschaft und den Willen zur Kooperation mit Europa.

Die Anziehungskraft Europas ist im ganzen Mittelmeerraum spürbar geblieben, in dem der Tod von markanten Persönlichkeiten wie König Hussein von Jordanien und König Hassan von Marokko einen Generationenwechsel einleitet. In Algier sucht Regierungschef Bouteflika die verhärteten Fronten und Strukturen aufzuweichen, um den Anschluss an die übrige Welt nicht zu verlieren. Ägypten wieder bekundet infolge innerer Schwäche Mühe, seine Rolle als Führungsmacht in der arabischen Welt zu behaupten. Der Regierungswechsel in Israel schliesslich hat den Friedensprozess im Nahen Osten wieder in Gang gebracht, auch wenn die Politik von Ministerpräsident Ehud Barak auf eine Gratwanderung hinausläuft. Das Festhalten an der Vormachtstellung und das Eingehen auf die berechtigten Forderungen der Palästinenser nach Selbstbestimmung und Selbstverwaltung zwingen zu einem langsamen Vorgehen, eine Politik, die auch die USA unterstützen.

Führungsmacht USA im Auftakt zum Wahlkampf

Amerika durchläuft eine Phase beispielloser wirtschaftlicher Blüte. Die konjunkturelle Dynamik ist ungebrochen. Zwar gibt es ungelöste Probleme: die Einkommensschere weitet sich aus, das Schulsystem harrt der Reform, zahlreiche Sozialaufgaben sind ungelöst. Doch mit dem in Amerika wiedererwachten Optimismus glaubt man auch mit diesen Missständen fertig zu werden. Präsident Bill Clinton hat diese Entwicklung kaum initiiert, aber er hat sie nie behindert; und da er im Laufe seiner Präsidentenjahre deutlich zur Mitte rückte, konnte er die Früchte der Prosperität miternten und die Zufriedenheit über das Erreichte auf seine politischen Mühlen lenken. Das ist wohl mit der Grund dafür, dass er das Impeachment überstand und die Bürger persönliche Schwächen nicht überbewerten.

Gestützt auf wirtschaftliche Stärke nehmen die Vereinigten Staaten im globalen Agieren sowohl im militärischen wie auch im diplomatischen, wissenschaftlichen und kulturellen Bereich eine Führungsposition ein. Bei der Eindämmung von Brandherden – etwa im Kosovo – kommt dieses Gewicht zur Geltung. Dennoch ist gelegentlich Irritation über die Form des amerikanischen Auftretens auf dem weltpolitischen Parkett nicht zu übersehen. So scheint das Bekenntnis zu einer internationalen Rechtsordnung, zu Partnerschaft und zu einer gerechten und demokratischen Weltordnung schwer vereinbar zu sein mit der Weigerung, sich einem internationalen Strafgerichtshof zu unterwerfen oder den Atomteststoppvertrag zu unterschreiben. Auch die einseitige Verhängung von Sanktionen steht im Widerspruch zu der Forderung nach Internationalismus. Nicht selten wird dann von amerikanischer Arroganz gesprochen. Das Scheitern der WTO-Konferenz in Seattle bestätigt diese Kritik.

Der Ruf nach einer multipolaren Weltordnung, wie er aus Moskau oder Peking ertönt, bleibt vorderhand ohne Realitätsbezug. Amerika ist die einzige Weltmacht. Das enthebt Washington aber nicht der Aufgabe, Prioritäten zu setzen und ein aussenpolitisches Konzept zu entwerfen. Das Verhältnis zu Russland und China ist schwankend und ohne Konstanz. Gegenüber beiden Ländern dominiert eine opportunistische Haltung, da kurzfristige Wirtschaftsvorteile Vorrang zu haben scheinen gegenüber anderen Erwägungen, beispielsweise bei der Frage der Menschenrechte. Auch gegenüber Europa wird gelegentlich das Kräfteverhältnis zur Geltung gebracht. Stärke allein ist aber in einer das zivile Miteinander suchenden Welt keine Legitimation für das Diktat. Die Glaubwürdigkeit amerikanischer Politik würde gewinnen, wenn der Eindruck verschwinden könnte, dass die USA bei ihrem Einsatz für internationale Rechtsnormen nur Lippendienste leisten. Inzwischen marschieren die Vereinigten Staaten frohgemut und optimistisch in das 21. Jahrhundert, und nichts deutet darauf hin, dass das Land seine führende Position bald einbüssen wird.

Sechs Milliarden Menschen auf der Welt

Erst jetzt wollen wir auf ein Ereignis hinweisen, das auch am Anfang unserer Rückschau hätte stehen können. Nach Berechnungen der Uno wird unsere Erde seit Oktober von sechs Milliarden Menschen bewohnt. Die Bevölkerung wächst unaufhörlich weiter, jedes Jahr um rund 80 Millionen. Eine Stagnation dieser Bewegung erwartet man erst Mitte des nächsten Jahrhunderts, wenn die Zahl der Erdbewohner bei zehn Milliarden liegt. Die Vereinten Nationen haben das Überschreiten der Sechs-Milliarden-Grenze bewusst herausgestellt, um die Weltgemeinschaft aufzurütteln und sie auf die Folgen dieser Entwicklung hinzuweisen. Eine ganze Reihe jener politischen Probleme, die uns Tag für Tag beunruhigen, entwachsen der Bevölkerungsexplosion. Ohne einen Blick auf den Bevölkerungsfaktor sind Prozesse wie Migrationsbewegungen, Nord-Süd-Gefälle, Verteilung der Ressourcen, Alters- und Jugendfragen, Ausbildung, aber auch Krankheiten (Aids), Armut und Mangelerscheinungen kaum richtig einzuschätzen und zu bewältigen. Der zunehmende Druck von Menschenmassen, die sich von wirtschaftlichem Wachstum und Wohlstand ausgeschlossen fühlen, aber dank der globalen Kommunikation Bescheid wissen über bessere Lebensmöglichkeiten, wird die nächste Runde im Nord-Süd-Konflikt bestimmen.

Strategische Gewichtsverlagerung in Ostasien

Aber das sind Aufgaben des nächsten Jahrhunderts. Verschiebungen und Veränderungen in der Welt ausserhalb Europas und Nordamerikas sind Vorboten. Bereits jetzt vollzieht sich, von der Weltöffentlichkeit wenig beachtet, in Ostasien eine Gewichtsveränderung von grosser Tragweite. China wächst Schritt für Schritt in eine Rolle hinein, die seiner Bevölkerungsgrösse, seinem Wirtschaftspotential und seiner geopolitischen Lage entspricht. Obwohl die Wirtschaftskrise in Ostasien (mit Ausnahme von Indonesien) erstaunlich schnell überwunden worden ist und sich die Länder von Taiwan bis zu den Philippinen wieder auf Wachstumskurs bewegen, hat die kurze Rezession in dieser Weltregion ein Machtvakuum entstehen lassen, in das nun China einzudringen beginnt.

Peking lässt keinen Zweifel an seinem strategischen Fernziel, China zur stärksten Macht in Asien zu machen. Alle Thesen über die wechselseitige Anerkennung der Souveränität lassen nicht vergessen, dass China territoriale Ansprüche auf Gebiete in Südostasien erhebt, die einmal Teil des Reiches waren und in denen eine starke chinesische Minderheit lebt. Expansionspläne gehen zur Zeit in Richtung von rohstoffreichen Inselgruppen in dieser Region, die als Stützpunkte für weiteres Vorgehen dienen können. Verständlich, dass die Philippinen, Vietnam, Malaysia oder Brunei sich bedroht fühlen und bei den USA Anlehnung suchen.

Keine Gegenspieler in Asien, Afrikanische Renaissance

Verstärkt wird die Gewichtsverlagerung in Ostasien durch die Schwäche der klassischen Gegenspieler Japan und im weiteren Sinne auch Indien. Noch vor wenigen Jahren galt Japan als der dritte Pol im weltpolitischen Dreieck. Heute ist kaum mehr die Rede davon. Vielmehr breitet sich in Tokio Orientierungslosigkeit aus. Die schwere Wirtschaftskrise hat nicht nur die Schwächen im politischen und gesellschaftlichen Bereich blossgelegt. Auch die japanische Hoffnung auf Frieden durch Entwicklung und Integration ist kompromittiert. Die Wirksamkeit einer Checkbuchdiplomatie hat sich als sehr beschränkt erwiesen. Es wächst der Eindruck, als ob Japan und China in Asien ihre Plätze getauscht hätten und Tokio immer mehr zum passiven Zuschauer degradiert sei.

Auch Indien gerät hier in ein Hintertreffen. Zwar hat sich Delhi mit Atomversuchen in Erinnerung gebracht. Auch der Kaschmirkonflikt konnte erfolgreich beendet werden. Doch das Ungleichgewicht in Staat und Gesellschaft, wo beispiellose Armut und technische Höchstleistungen aufeinander stossen, lässt Indien als Regionalmacht und nicht als Weltmacht erscheinen. Die in Wahlen bestätigte gemässigte nationale Regierung ist genügend mit inneren Problemen beschäftigt. Die Suche nach einem Modus vivendi mit Pakistan, wo das Militär wieder die Macht übernommen hat, lässt andere aussenpolitische Aufgaben in den Hintergrund treten.

Am anderen Ende der Welt wurde Australien aufgeschreckt durch die indonesischen Wirren, wo nunmehr ein gemässigter Islamist zum Präsidenten gewählt wurde. Der Versuch der Uno, das indonesische Kolonialregime in Osttimor friedlich zu beenden, führte zu Blut und Terror. Nur die Intervention einer Uno-Truppe unter australischer Führung hat die schlimmsten Exzesse beenden können, ohne dass von einer Lösung des Konflikts gesprochen werden kann. Wie im Kosovo die Nato, so wird in Osttimor die Uno noch viele Jahre die Verantwortung für Frieden, Recht und Ordnung übernehmen müssen.

In Afrika schliesslich besteht, obwohl bewaffnete Konflikte in Angola, im Sudan, in Burundi, im Kongo, in Somalia und zwischen Äthiopien und Eritrea weiterschwelen, durchaus der Anlass, von einer afrikanischen Renaissance zu sprechen. Der schmerzliche Bewusstseinsprozess, dass die Afrikaner für ihr Schicksal selber verantwortlich sind, geht weiter und kann einige Erfolge vorweisen. In Südafrika ist die Ablösung an der Staatsspitze von Mandela zu Mbeki reibungslos vonstatten gegangen, auch wenn der neue Mann noch beweisen muss, ob er die Statur seines Vorgängers erreichen kann. Moçambique durchläuft nach Beendigung des Bürgerkrieges eine Phase der Erholung, wenn auch einstweilen noch auf niederem Niveau. In Sierra Leone hat wenigstens die gegenseitige Schlächterei aufgehört, und in Nigeria – dem bevölkerungsreichsten Land Schwarzafrikas – hat der Wechsel zu Präsident Obasonjo die Rückkehr zu demokratieähnlichen Zuständen erlaubt, auch wenn die ethnischen Spannungen zwischen Nord und Süd weitergehen.

Viele Probleme des Kontinents harren noch der Lösung. Ohne das Erreichen einer länger dauernden Stabilität bleibt der längst fällige Entwicklungsschub Afrikas ein Wunsch. Doch das Bestreben, Probleme anzugehen und sie zu lösen, sind überall vorhanden. Vorausgesetzt, dass ein genügend langer Zeithorizont eingeräumt wird, bestehen gute Chancen, dass neue Partnerschaften entstehen.

Weltbeobachter

Von Cyrill Schwarzenbach übernahm Hans Ramming 1988 die Aufgabe, am Jahresende Rückblick zu halten aufs Weltgeschehen. Beide gehörten sie der Auslandsredaktion der Neuen Zürcher Zeitung an, die beide auf ihre Art mitprägten. Cyrill Schwarzenbach etikettierte die Redaktion gelegentlich als Association d'admiration mutuelle und war ein scharfzüngiger Spötter. Hans Ramming dagegen konzentrierte sich neben seinen redaktionellen Pflichten auf die Ausbildung der Volontäre. Die heutige Führungsequipe der NZZ ist durch seine Schule gegangen.

Für den Wochenbericht schrieb Hans Ramming neben den Rückblicken das politische Streiflicht, das Woche für Woche das Weltgeschehen in knappe Zeilen kondensiert. Wie viele sich gesammelt haben im Laufe der Jahre, hat niemand gezählt. Aber gut 600 werden es wohl sein.

Sein weiter Blick »nach Russland und anderswohin« war dem Beobachter aus Anteilnahme und Erkenntnisdrang ein Stück weit in die Wiege gelegt. Geboren wurde der dritte von fünf Brüdern in Zürich, nachdem die Eltern – derVater Anwalt, die Mutter aus einer Kaufmannsfamilie - es vorgezogen hatten, das Heimat gewordene St. Petersburg nach der Oktoberrevolution zu verlassen. Aufgewachsen ist er jedoch in Berlin, wo er das Arndt-Gymnasium besuchte und 1940 das Abitur machte.

Der Krieg legte eine Rückkehr in die Schweiz nahe und brachte Aktivdienstpflichten neben dem in Zürich aufgenommenen Neigungsstudium der Germanistik, der Geschichte und der Musikwissenschaften. Promoviert wurde der Emil-Staiger-Schüler mit einer Inauguraldissertation über »Die Bedeutung der Magie in der Dichtung der Deutschen Romantik«. Wenn man so will, in Umkehrung zu den Faust-Worten »Könnt' ich Magie von meinem Pfad entfernen, könnt' ich der Zaubersprüche ganz und gar verlernen ...«

Auf das Studium folgte ein Jahr in England als Deutschlehrer, aber auch Brotarbeit auf dem Steueramt. Zur Neuen Zürcher Zeitung fand der vielseitig Interessierte nach seinen Korrespondentenjahren in Bonn. Während er am Rhein Höhepunkt und Finale der Adenauer-Ära verfolgt hatte, kümmerte er sich in Zürich um die skandinavischen Länder, die Benelux-Staaten und neutrale Nationen wie Irland und Österreich.

Eine hohe Identifizierung mit der NZZ sprechen ihm seine Bekannten gewöhnlich nicht ab, wobei sie im gleichen Atemzug seine Liberalität im ursprünglichen Sinne des Wortes betonen. Hans Ramming nahm sich immer die Freiheit, selbständig zu denken und sich von anderen Meinungen inspirieren zu lassen. Dazu gehören ein ausgeprägtes soziales Bewusstsein und ein geschärfter Sinn für die Belastungsgrenzen der Natur. Das Risiko, als nicht linientreu eingestuft zu werden, nahm er dabei gelassen in Kauf.

Engstirnigkeit wird man vergebens suchen bei diesem aufmerksamen Zuhörer, der sich stark im reformierten Kirchenleben engagierte und intensiv an der Erneuerungsdiskussion der achtziger Jahren partizipierte. Hausmusik, Wanderungen und Reisen, auch in exotische Länder, sind weitere Schwerpunkte seines auf bürgerliche Bescheidenheit ausgerichteten Lebens, in dem jedoch die gesellige Begegnung ihren festen Platz hat.

Wer ihn kennengelernt hat, fühlt sich gewöhnlich begleitet von seinem anteilnehmenden Wohlwollen für den weiteren Weg. Auch hat sich der eine oder andere seine Fähigkeit zur Weltbetrachtung aus unerwarteter Perspektive angeeignet.

Nur mit Ratschlägen ist er geizig. Aber die dienen nach La Rochefoucauld auch immer nur denen, die sie geben. Dank ist ein leichtfertiges Wort. Wir stehen als Leser und Mitarbeiter in seiner Schuld.